Arsène Lupin 亞森・羅蘋冒險系列 14

La Barre-y-va

古堡驚魂

莫里斯・盧布朗／著

吳欣怡／譯

好讀出版

跟著名偵探冒險去

推理小說愛好者、MLR會員　張筱森

我與亞森・羅蘋最早的邂逅和很多人一樣，都是從黃色書封，封面上有著英俊瀟灑的羅蘋畫像，內文有注音的東方版開始的。我還記得當時隨意拿起的第一本是《惡魔詛咒的紅圈》，沒想到一試成主顧，這個系列成爲我小時候相當重要的推理小說閱讀經驗。從《八大奇案》或是《怪盜紳士》收錄的短篇作品中，知道了有趣的推理小說應該長成什麼樣子。另一方面也從《奇巖城》、《８１３之謎》這類有著大量動作場面、偏重冒險風格的長篇作品中，獲得了既緊張又刺激的絕大樂趣。雖然長大後，知道這個系列其實是翻譯自日本知名作家南洋一郎爲兒童改寫的版本，和盧布朗的原作有著相當大的差異，不過這無損我對羅蘋的喜愛；甚至到現在我仍舊覺得羅蘋就應該是牧秀人所畫的模樣。

從已經出版的《八大奇案》和《奇巖城》兩種截然不同的風格可以看出，羅蘋系列有著非常明顯的作風差異。（不過羅蘋愛美女則是兩種風格的作品都會出現的固定橋段。）一是以解謎色彩濃厚的本格推理小說，另一種就是像《古堡驚魂》這樣的作品。一九三一年出版的《古堡驚魂》，原名爲LA BARRE-Y-VA，指的是和書中謎團眞相有著密切關係的地點。化身爲貴族勞爾·阿維納子爵的羅蘋接受不請自來的美女凱特琳所託，前往她頻頻發生怪事的故居保護她。而在凱特琳的周遭不只有神出鬼沒、戴著詭異大帽子的怪人，接二連三的死亡事件，就連她死去以久的祖父似乎都和自古以來的神祕煉金術扯上了關係……雖然格局並不如其他更爲著名的冒險路線作品，像是《奇巖城》、《８１３之謎》來得大，但是美女、怪人、寶藏等等冒險小說的要素則是一應俱全，特別是書中那個處處搶得先機，甚至還讓勞爾吃了大虧的大帽子怪人，更替全書增添了一股詭異氣氛。這或許也是南洋一郎會以《羅蘋與怪人》的名稱譯寫本作的原因。

另一方面，阿維納子爵在本作也稱職地扮演了解謎的名偵探，他四處尋訪威脅利誘證人，或是在好友貝舒面前神神密密地語帶保留，最後還集合眾人說明事件眞相。而一連串的死亡事件以及寶藏的眞相也有著相當高的意外性，可以說是有著扎實推理小說骨幹的冒險小說。

大概是南洋一郎認爲兒童不適合浪漫的情節，所以他大刀闊斧地砍掉了許多羅蘋和美女談情說愛的橋段。然而盧布朗筆下的正版亞森·羅蘋是顆超級多情種，每個故事都會和美女墜入情網，《古堡驚魂》也不例外，還一次兩個！徘徊在純潔堅毅的妹妹以及風情萬種的人妻姊姊之間，他將會情歸何處呢？此外，本作還有羅蘋的好「朋友」貝舒，這段兩人雖然從頭到尾拌嘴拌個不停，但其實又很能讓人感受到他們之間奇妙友情的伙伴關係，在怪人帶來的詭異氣氛之外又有一絲的諧趣。

《古堡驚魂》的篇幅雖然不長，但是元素豐富得不得了，有解謎、有冒險、有愛情還有友情，應有盡有。雖然已經是八十年前的作品，但是盧布朗的筆力仍舊會讓人好奇怪人的身分、煉金術的秘密，現在就趕緊翻開書頁跟著羅蘋進行一場驚險刺激的冒險之旅吧！

推薦序

滑稽的配角，豐富的解謎

推理作家　寵物先生

一部成功的系列作品，首推人物塑造。這些小說之所以膾炙人口，在於頻繁登場的角色能以個人魅力擄獲讀者的心，他們或許不是完美，但必定有討喜的人格特質。有時光主角一位還不夠，配角也得展現特色才行，眾所皆知的福爾摩斯，其優異的探案能力固然吸引人，但沒有華生「略低於常人智慧」的插科打諢，效果恐怕也要打個折扣。

相較於福爾摩斯，羅蘋經常給人單打獨鬥的印象，當然他不是沒有助手或部下，只是經常更換，名字在讀者腦中留不住罷了。另一方面他形象也實在過於強勢，集英俊容貌、高超智慧與矯捷身手於一身，讓那些出場數不多的配角相形失色，要對他們產生印象，還真是考驗讀者的記憶力。

當然還是有少數獲得盧布朗垂青，得以不時現身的人物，其中葛尼瑪與貝舒，便是羅蘋系列數一數二的重要配角。

這兩人都是刑警，繼承了古典推理「偵探最聰明，警察往往是丑角」的宿命。然而相較於勤奮踏實，偶爾展現睿智，只有在追捕羅蘋才會吃癟的葛尼瑪，貝舒是更爲莽撞、愚笨的，他的丑角特質不僅在與羅蘋的正面交鋒上，連查案能力也經常被比下去。

讀過短篇集《名偵探羅蘋》（L'Agence Barnett et Cie）與長篇《奇怪的屋子》的人，應該可以體會到羅蘋化身的私家偵探吉姆．巴內特對貝舒刑警是如何百般嘲弄，然後便腳底抹油、溜之大吉，也難怪貝舒一見到他就想揪住他衣領。到了本書《古堡驚魂》，貝舒對羅蘋的芥蒂隨著時間淡化不少，兩人重逢時還以「老戰友」相稱，然而隨著案件發生，兩人展開調查，羅蘋又開始奚落貝舒，他們的關係已然類似日本的漫才二人組，總是一個耍寶、另一個吐槽了。

可惜的是，經歷三部作品的活躍，貝舒似乎就此從盧布朗的作品銷聲匿跡，雖然在最後一作《羅蘋的財富》（Les Milliards d'Arsène Lupin）有跑龍套出現一下，卻無足輕重，想回味這二人組的滑稽互動，只能翻閱舊作了。

《古堡驚魂》從一妙齡女子闖入勞爾．阿維納子爵（即羅蘋）的住處開始，隨後老友貝舒打電話來，請他協助調查塞納河岸附近「漲潮線」區發生的一起命案，該女子凱特琳也牽涉其中。死者是她的姐夫葛森，葛森打算進入「漲潮線」莊園一處房屋搜尋失蹤的凱特琳時，被藏身於屋中的某人開槍擊斃，當目擊命案的眾人趕到現場，兇手卻似煙霧一般，從屋中消失了。

眾人環伺之下的命案，兇手卻不見蹤影——這是古典推理主題「不可能犯罪」的一環。該案與過去莊園內發生的幾樁傷害、竊盜事件相連結，犯人據說是一名戴大帽子的男人，村民們還流傳關於他一些不可思議的事蹟。不可能犯罪與「怪人」的結合，經常有著增添神祕色彩的功能性，故事中也加入了煉金術、瘋癲老太婆的言語等神祕要素，更增強此等氛圍。

另一方面，除了開頭的不可能犯罪外，解謎部分還有「移動的三棵樹」之謎，以及遺囑的暗號解密。對於氣氛與謎團的融合，作者可說使出渾身解數。在羅蘋諸多長篇中，《古堡驚魂》分量並不厚重，卻能結合上述諸多元素產生足夠的娛樂性，已是難得的佳作。

此外，本作也承襲羅蘋長篇「尋寶」的系譜，作中他除了提及《奇巖城》、《魔女與羅蘋》（La Comtesse de Cagliostro）等過往自身的奪寶經歷，還引用愛倫坡〈金甲蟲〉（同樣是以解開密碼爲主題的寶藏探險）的情節。盧布朗筆下這位名聞遐邇的大盜，不僅是喜歡盜取徬徨無助的少女心，對於古人財富的執著與探求，由此可見一斑。

contents 目錄

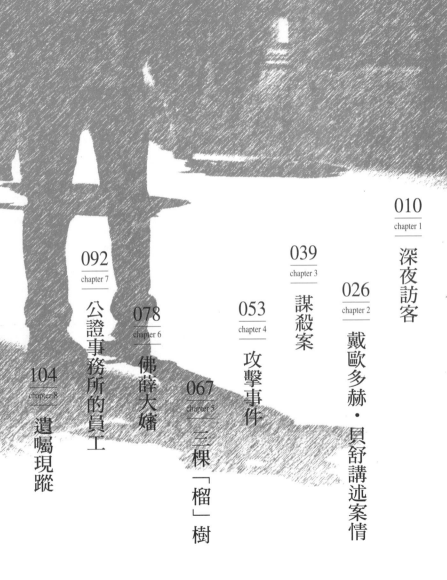

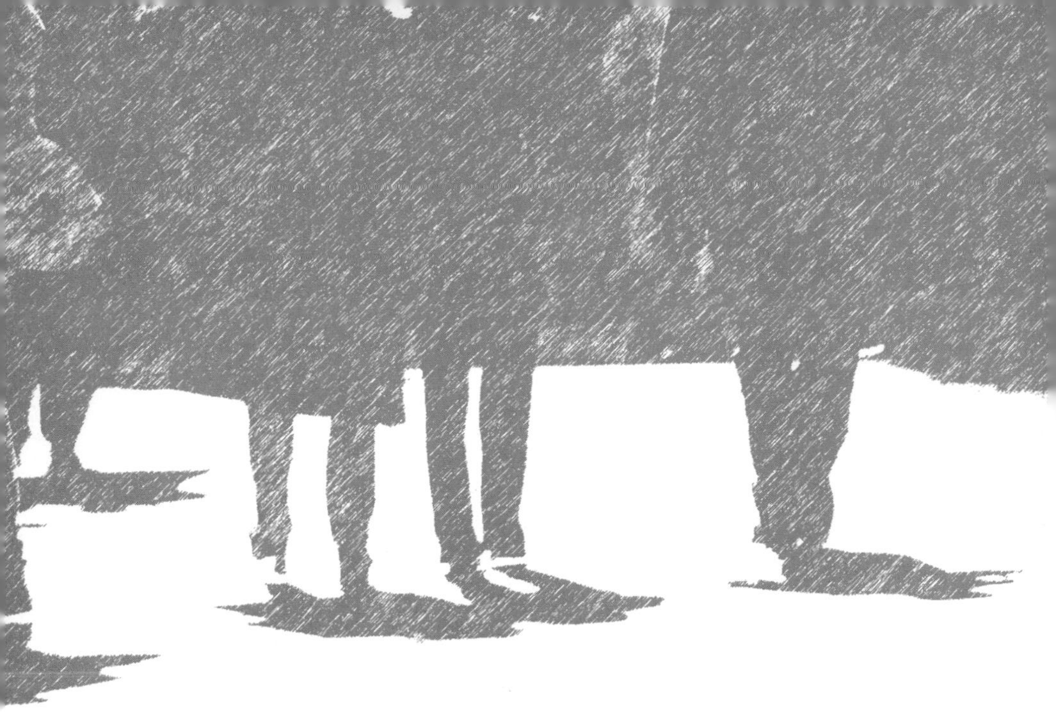

chapter 1

深夜訪客

這天晚上，勞爾·阿維納上劇院看戲，這會兒才剛到家。進門後，他先停在玄關鏡子前，煞是滿意地端詳鏡中的自己，身上那套精心訂製的服裝非常適合他，成功襯托出優雅的外型、寬闊的肩膀，而帶點設計感的上衣，則裹著一副結實強壯的胸膛。

玄關的空間不大，但布置及擺設可以看出這是間舒適的單人套房，奢華的裝潢顯示屋主格調不俗，習慣挑選價值不斐的擺飾，而且財力雄厚，能滿足自身昂貴的品味。每天晚上，勞爾都會來到書房，將自己扔進一張加大的皮製扶手椅，愜意地抽著雪茄，放鬆心情，舒緩情緒，他認爲這樣可以睡得更好。然後，他會拋開腦子裡的千頭萬緒，讓一整天的思緒歸零，也暫時不去想隔天的行程，慢慢進入夢鄉。

而今晚，就在準備打開書房房門時，他不禁縮手，因爲他突然發現，自己剛才並沒開玄關的燈，但打從他進門時，三盞壁燈卻都已點亮。

「怪了，」他自忖，「傭人都請假了，我出門以後應該沒人會再進家裡來吧！難道下午出門時我沒關燈？」

雖說任何蛛絲馬跡都難逃阿維納這人的法眼，但他不會花時間探究偶爾發生的小問題，特別是那種很常遇到，根本就再自然不過的事情。

「人就愛大驚小怪，」他說道，「人生比我們想像的簡單多了，有時看來困難重重，不過船到橋頭總會直的。」

因此依著這番論點，當他打開面前的門走入書房，瞧見房裡有位女士時，他也沒覺得太過驚訝。那位女士倚著圓桌而站，樣貌年輕。

「我的老天爺！」他嚷著，「多迷人的景致啊！」

這位「迷人的景致」大概偏好燈火通明，書房同玄關一樣，所有的燈都打開了。燈光下，阿維納得以恣意欣賞這幅風景，女子一頭金色捲髮圈起姣好的臉龐，她身材高䠷、苗條纖細、玲瓏有致，穿著一件剪裁略顯過時的洋裝。

勞爾・阿維納原本就魅力無窮，女人緣極佳，所以他想自己大概又走了什麼好運，打算像平常一般，接受這天下掉下來的豔遇。

「我應該不認識您吧，夫人？」他露出微笑，「我們沒見過面吧？」

對方打了個手勢，意思是他說得沒錯。於是他接著說：

「敢問您怎麼有辦法進來呢？」

女子拿出一把鑰匙，他見了驚呼出聲：

「原來您有我家鑰匙！這也未免太有趣了。」

他越來越相信，一定是自己不曉得在哪兒吸引到這位美麗的訪客，而輕易上勾的她，抵不住內心莫名的慾望，才會自動找上門來，準備投懷送抱。

於是他走近女子，如往常般自信滿滿，決心不放過這誘人的機會。然而，出乎意料地，年輕女士卻往後退，伸直了雙手阻擋，滿臉驚恐喊道：

「別過來，不准靠近我！您不該這樣……」

對方慌張的模樣令阿維納一陣錯愕，接著，女子又哭又笑，她渾身顫抖，非常激動，阿維納不得不好言安慰：

「拜託您冷靜點，我不會傷害您的。您又不是小偷闖空門，應該也不會對我開槍吧？所以，我怎麼可能傷害您呢？好了，您不妨說說來意吧！」

女子試圖恢復鎮定，她喃喃說著：

「我想向您求救。」

「但我的工作並不是救人啊！」

「聽說……只要您願意，沒有辦不到的。」

「唉呀！您眞是太抬舉我了，那麼，假如我想擁您入懷也辦得到囉？您想想，當一位女士在午夜時分，來到一位男士家，又生得像您這般花容月貌，窈窕動人……若我因此起了遐想也沒什麼好奇怪的吧？」

阿維納再度靠近女子，這回對方不再抗拒，他將女子的手握在掌心，輕撫她的手腕及裸露的手臂，他突然覺得，如果現在將女子攬入懷中，她應該不會推開自己，畢竟她現在情緒十分脆弱。

於是，微醺的阿維納伸手輕輕摟住女子的纖腰，正想擁抱她時，卻望見一雙驚恐的雙眸，楚楚可憐的小臉上寫滿了憂心與哀求。因此，他停下動作，開口致歉：

「請您原諒，夫人。」

對方低聲回答：

「不，我不是夫人，我還是小姐。」

然後她接著說：

「我了解，我在這種時間，有這樣的舉動，也難怪您會有非份之想。」

「啊！絕對有非份之想的，」他戲謔地說，「一到午夜，我對女人的感覺就脫了序，甚至會想些荒唐事，害我變得魯莽無禮，我得再次跟您說抱歉，是我不好，這樣可以嗎？您不會再生我氣了吧？」

「不會。」她回答。

阿維納嘆了口氣：

「老天，您眞是秀色可餐，結果您來這兒的原因卻跟我想得天差地遠，太可惜了！所以，您是像許多人去倫敦貝克街找福爾摩斯一樣，專程來這兒找我指點迷津的嗎？既然如此，小姐，麻煩告訴我事情原委，盡可能說清楚，我會全力以赴，那麼，就洗耳恭聽了。」

勞爾請女子坐下，儘管他愉快、體貼、誠懇的態度已讓對方安心不少，但女子依舊臉色蒼白，如孩童般鮮嫩的雙唇，美得像幅畫，卻老是緊緊抿著，只是眼神中已多了信賴。

「很抱歉，」她聲音帶著顫抖，「或許我說不出個所以然，但我眞的覺得不對勁，有些事情……很怪……讓人想不通，我總覺得會出事，心裡很害怕……沒錯，我已經覺得害怕了，我不曉得自己在怕什麼，畢竟也無法斷定一定會出事。喔！天啊！太可怕了……我好痛苦！」

她的手撐著前額，似乎想驅散讓她筋疲力盡的念頭，看來十分疲憊。勞爾見她如此恐懼，心中頗爲同情，爲了緩和她的情緒，勞爾笑著說：

「您看起來好緊張！別這樣，緊張也於事無補。打起精神來，小姐！依我看，從您來找我幫忙那一刻起，就沒什麼好怕了。您是從外省來的嗎？」

「是的。我早上從家裡出發，到巴黎時已經傍晚了，我很快找了輛車趕來這兒。門房告訴我您的門號，他以爲您在家。我按了門鈴，卻沒人應門。」

「沒錯，傭人都請假了，我則去餐廳吃晚餐。」

「所以，」她說，「我才會用這副鑰匙開門……」

「誰給您鑰匙的？」

「沒人給我，是我偷來的。」

「從誰那兒偷的？」

「這我待會兒再提。」

「別讓我等太久，」他說，「我等不及想知道了！不過，先等一下，小姐，我趕打包票，您從早到現在都沒吃東西吧？您大概餓扁了！」

「還好，我在這張桌子上有找到一些巧克力。」

「太好了！但是除了巧克力還有別的食物，我先弄點給您吃，然後再好好聊聊，您覺得怎麼樣？坦白說，您眞年輕，有張孩子般的臉孔！我剛竟然把您當夫人看！」

他笑容滿面，試著逗女子開心，接著打開餐櫥，拿出一些餅乾及甜酒。

「您叫什麼名字？我總得知道您的名字吧？」

「等一下，我會一五一十告訴您的。」

「好吧！反正不需要知道您的名字也能弄東西給您吃，來點果醬嗎？還是蜂蜜？當然，您美麗的朱唇必定喜歡蜂蜜，廚房裡有上等蜂蜜，我這就去拿。」

勞爾剛走出書房，便聽到電話響起。

「奇怪，」他嘀咕著，「誰會在這時候打來？小姐，我接個電話。」

他接起電話，稍微調整一下語調：

「喂？喂？」

話筒那頭傳來聲音，感覺是從很遠的地方傳來：

「是你嗎？」

「是我。」他回答。

「算我走運！」那個聲音說道，「我找你一整天了。」

「眞是抱歉，親愛的朋友，我去了劇院。」

「所以你現在回來了？」

「是這樣沒錯。」

「很高興能跟你通上電話。」

「我也是。」勞爾答道，「不過你能先回答我一個問題嗎？我的老朋友，一個小問題？」

「有話快問。」

「你是哪位？」

「什麼？你不記得我了？」

「恐怕是的，老朋友，到現在都想不起來。」

「我是貝舒，戴歐多赫·貝舒。」

勞爾·阿維納不動聲色，說道：

「不認識。」

話筒那端的聲音提出抗議：

「怎麼會不認識！當警察那個貝舒啊！貝舒，警察局警長。」

「喔！我聽過你的大名，但還沒榮幸與你結識……」

「你開什麼玩笑！我們不曉得合作幾次了！像那個『紙牌賭局』、『金牙男』，還有『十二張股票』①？這幾個案子辦得可真漂亮，我們一起破案的啊！」

「你應該搞錯了，你確定知道自己在跟誰講電話嗎？」

「當然是跟你囉！」

「我是誰？」

「勞爾·阿維納子爵。」

「這是我的名字沒錯，但我可以保證勞爾·阿維納不認識你。」

「或許吧！假如勞爾・阿維納換個名字應該就認識我了。」

「喲！說來聽聽。」

「比方說，換成『巴內特偵探事務所』的吉姆・巴內特②，或是偵破『奇怪的屋子』一案的尙恩・艾納里③。還需要我說出你的眞名嗎？」

「請說，別以爲我會不好意思。」

「亞森・羅蘋。」

「很好！你說對了，那就沒什麼好隱瞞了。沒錯，這算是我最眾所皆知的稱號。所以，我的老朋友，有何貴幹？」

「我需要你幫忙，快來吧！」

「你也會需要我幫忙？」

「什麼意思？」

「沒事，我很樂意聽候差遣。你在哪兒？」

「勒阿弗爾。」

「你去那兒做什麼？做棉花生意嗎？」

「不，是爲了打電話給你。」

「這可眞妙，你離開巴黎跑到勒阿弗爾，就爲了給我打電話？」

勞爾提到這座城市名字時，年輕女孩突然顯得惴惴不安，她自顧自地說：

「勒阿弗爾？有人從勒阿弗爾打電話給您？眞奇怪，是誰打來的？讓我聽聽。」

不等勞爾同意，女孩已經抓起分機話筒，同勞爾一起聽著貝舒說話：

「不是啦！之前我人在鄉下，那裡沒有夜間電話可用，我才找車子載我到勒阿弗爾，現在我要回家了。」

「所以呢？」阿維納問。

「你知道哈迪卡提爾港嗎？」

「當然！位於塞納河中央的沙洲，離河口不遠。」

「沒錯，就在利里博恩港及唐卡維爾港之間，離勒阿弗爾港三十公里遠。」

「你想我會不知道嗎？我是在塞納河三角洲和諾曼地省科區長大的，這些地方我瞭若指掌。所以你現在是睡在沙堆上嗎？」

「你在胡扯什麼？」

「我說你現在住沙洲那兒嗎？」

「住沙洲對面，這兒有一座可愛的小村莊，名字就叫哈迪卡提爾，我在這兒租了幾個月的房子，想好好休息，是一棟茅草屋頂的別墅……」

「跟心上人一起啊？」

「沒有，不過我倒是替你保留了一間客房。」

「你什麼時候變這麼貼心了？」

「有件事頗爲曲折離奇，我想找你幫忙。」

「因爲你自己解決不了嗎，胖兄？」

勞爾注意到年輕女孩越來越焦慮，又開始激動起來，他原本想拿走她手裡的話筒，但女子緊抓不放，貝舒又強調：

「情況緊急，原本事情已經很麻煩了，結果今天，這邊又有位年輕女孩失蹤……」

「失蹤這種事常有，不需要大驚小怪吧！」

「不，不只失蹤這麼單純，其中有些細節很叫人擔心，而且……」

「而且什麼？」勞爾不耐煩地嚷著。

「就是下午兩點的時候，發生一起兇殺案。那名失蹤女孩的姊夫沿著公園河岸找她時，被人開槍擊斃。好了，早上八點有一班特快車，你可以搭那班來，然後……」

一聽到發生兇殺案，年輕女孩倏地站起，話筒由手中滑落。她嘆著氣，欲言又止，全身顫抖，根本站不穩，很快又跌坐在沙發扶手上。

勞爾・阿維納立刻生氣地對貝舒大吼：

「你這笨蛋！不能換個方式講事情嗎？這下可好，看你做得好事，大笨蛋！」

他隨即掛斷電話，趕到女子身邊，扶她躺在沙發上，還拿嗅鹽硬貼著她鼻子要她聞。

「小姐，好點了嗎？雖然貝舒提到您失蹤的事，但用不著把他的話放心上，再說，您聽過他名號，應該知道這人很兩光。請您先冷靜下來，我們再一起弄清楚狀況好嗎？」

不過，勞爾很快就發現在這當頭實在無法理清情況，年輕女孩身上顯然發生過什麼，令她慌亂恐懼，這部份勞爾還沒弄懂，她又在無預警中，聽到貝舒冒失的談話，現在她根本無法平復情緒。

他盤算了一會兒，想好該怎麼做後，便走到鏡子前，拿出用來易容改裝的化學藥劑，快速打理了自己的頭髮及面容，接著來到隔壁房間，換好衣服，再從壁櫥取出一只總是備妥的行李箱。他走出家門，直奔車庫。

勞爾很快開車回到家門口，他上樓重回書房。年輕女孩差不多清醒了，但表情依舊茫然，無力自行走動。勞爾帶著女孩來到車旁，對方並未抗拒，勞爾扶她上車後，盡可能讓她舒適地斜躺著。

他俯身貼近女子，在她耳邊輕聲說：

「照貝舒所言，失蹤的女孩是您吧？您也住哈迪卡提爾？」

「是的，我住那兒。」

「那我們就去哈迪卡提爾吧！」

女孩看起來憂心忡忡，勞爾能感覺到她全身在顫抖，於是他低聲勸慰，在溫柔的語氣下，女子終於卸除心防，開始流淚啜泣。

從巴黎到諾曼地省的哈迪卡提爾市中心大約有一百八十公里，勞爾開了三小時才到，途中兩人並無交談。年輕女孩已停止哭泣，沉沉睡去，隨著行車搖晃，女孩的頭偶爾會靠在勞爾肩上，他總會輕柔地將其扶正。女子額頭滾燙，時而發出幾聲呢喃，但勞爾聽不清楚內容。

天快亮了，他們來到一間小巧的教堂對面，教堂座落在蓊鬱青草中，剛好位於狹窄的河谷下方，沿著河谷往上，則會通往諾曼地省科區的山嶺懸崖。教堂旁邊有條蜿蜒的小溪，往塞納河的方向流去。教堂後方有一大片草原，底下就是環繞傑羅姆港的大河。此時，天邊雲彩細薄，教堂的雕花窗櫺越發紅豔，旭日即將東昇。

整座村子尚在睡夢中，路上沒半個人影，十分安靜。

「府上離這兒不遠吧？」勞爾問道。

「很近，就在那裡，對面。」

他從女子指的方向望去，發現小溪邊有條清幽小徑，周圍種了四排老橡樹，小徑盡頭有一排鐵柵欄，透過柵欄即能看到一座不算大的城堡。城堡四周挖鑿了類似護城河的溝渠，並用鐵條區隔，小溪在柵欄前轉了彎，從路中央的分隔土堤下方流過，接著注入溝渠之內，並沿著渠道而流，順勢包圍砌著紅磚牆垛的高大石牆。

此情此景讓年輕女孩重新陷入恐慌，勞爾猜想她大概寧願逃走，也不想回到這令人擔驚受怕的地方。不過，她倒是沒有失控。

「最好別讓人看見我回來了。」她開口，「這附近有道矮門，我有鑰匙，從那兒走，不會有人知道。」

「您能自己走嗎？」勞爾問。

「可以的，只有一點兒路程。」

「今早天氣還算涼爽，您不會冷吧？」

「不會。」

馬路中央的分隔土堤右邊岔出一條小路，恰巧橫越溝渠盡頭，小路兩側分別是高牆及果園。勞爾牽起年輕女孩的手臂，陪她走過小路，她看起來累壞了。

到了矮門前，勞爾說：

「我想再逼問您也沒用，只會害您更加疲累，反正貝舒會告訴我詳情，況且，我們還會再見面的。但仍得問您一個問題，是貝舒把我房間鑰匙交給您的嗎？」

「可以說是，也可以說不是。他常提起您，所以我知道他把鑰匙放在臥室的掛鐘底下，我是幾天前偷偷拿走鑰匙的。」

「把鑰匙給我好嗎？我會在他不知情下，將鑰匙放回原處。另外，別讓任何人，包括貝舒，知道您去過巴黎，還有我載您回來的事，甚至連我們已經認識都別說。」

「不會有人知道的。」

「還有一件事，我們素未謀面，如今卻因某些事件意外相逢，說來也是有緣，既然您找我幫忙，我也要拜託您，請您聽從我的意見，千萬別擅自行動，能答應我嗎？」

「好的。」

「既然如此，麻煩您在這張紙上簽個名。」

勞爾從皮夾裡取出一張白紙，拿筆在上頭寫著：

「本人全權委託勞爾・阿維納先生調查眞相，且得以在符合本人權益前提下，做出適當決定。」

女孩欣然簽署。

「很好，」勞爾，「我一定會保護您的。」

他又看了一下簽名。

「凱特琳……您叫凱特琳嗎？眞不錯，這名字我喜歡，先說再見，您好好休息吧！」

她轉身鑽進矮門。

勞爾站在牆外，聽著腳步聲逐漸遠離，四周再度趨於寧靜，天色越來越亮了。凱特琳已指了貝舒租的茅草屋頂別墅給他看，所以他回到車上，駛離村莊，走另一條大馬路抵達貝舒住處，再把車停進車庫。車庫旁邊，有一座以荊棘籬笆圍起的小庭院，裡面栽種了許多果樹，隱身其中的，是一棟古老的歌倫式建築，屋子前的地面鋪著石磚，上頭擺了張長椅，陳舊卻古色古香。

茅草屋頂下，有扇窗戶半開，勞爾攀上屋牆，閃身入內，沒驚動躺在床上的主人。他悄悄將鑰匙放回掛鐘底下，接著巡視臥房，搜查壁櫃，確定沒有任何對他不利的陷阱後，才放心下樓。

房屋的大門並未關上，一樓有個大房間，還有廚房及起居室，角落則有間會客室。

他走進房間，打開行李，將衣服折好放在椅子上，轉身在門上釘了張紙，紙上寫著：「拜託別吵醒我」。等他換好昂貴高級的睡衣，房內大鐘的鐘擺恰好響了五聲，已經早上五點了。

「再三分鐘我就睡著了，」他自言自語，「這點時間剛好夠我問，這回命運女神又要帶我面對什麼嶄新且有趣的冒險呢？唉呀！才三分鐘，就別妄想找出答案啦！」

對勞爾來說，這次的命運女神，擁有迷人金髮，眼神狂亂迷離，還有如孩童般柔嫩可愛的嘴唇。

譯註：

①此三案請見亞森・羅蘋系列《名偵探羅蘋》一書。

②參見亞森・羅蘋系列《名偵探羅蘋》一書。

③參見亞森・羅蘋系列《奇怪的屋子》一書。

chapter 2

戴歐多赫・貝舒講述案情

勞爾・阿維納從床上跳起來，一把抓住貝舒的頸子吼道：

「都說了讓我好好休息，你這傢伙竟敢吵醒我！」

貝舒連忙辯解：

「哪有！我頂多是看你睡覺，可沒吵喔！你變黑了，皮膚成了深紅色，看起來像個南方佬，叫人認不得啦！」

「不瞞你說，我這樣好幾天了，既然想當個出身佩里格市的古老貴族後裔，自然得讓這張臉變成『古』銅色嘛！」

說罷，兩人熱切地握住對方的手，爲重逢開心不已。他們曾並肩作戰，漂亮出擊，共同破獲不少案子，那些個冒險犯難，實在驚心動魄！

「欸，你記得嗎？」勞爾・阿維納說，「當時我化名為吉姆・巴內特，開了間偵探事務所，有一天從你那兒偷走整疊股票！還有，我竟然跟你老婆去度蜜月！對了，她還好嗎？你們仍舊是離婚狀態嗎？」

「沒錯。」

「啊！多美好的時光！」

「眞令人懷念！」貝舒感性地說，「還有『奇怪的屋子』一案，你沒忘吧？」

「怎麼可能忘！鑽石可是當著你的面，硬生生就不見了！」

「事情發生還不到兩年呢！」貝舒語帶哽咽。

「可是你怎麼會找到我？你怎麼知道我現在叫勞爾・阿維納？」

「說起來也是巧合，」貝舒回答，「你一個同黨，跑來警局想告密，剛好被我擋了下來。」

阿維納聽了忍不住給貝舒一個擁抱。

「戴歐多赫・貝舒，你眞夠朋友！我准你直呼本人『勞爾』的大名，你算我兄弟了！我可得好好報答你。瞧，這是你放在皮夾暗袋的三千法朗，我等不及要還你了。」

這下子輪到貝舒氣急敗壞地抓住朋友的脖子。

「小偷！騙子！昨晚你上樓進我房間？還洗劫我的皮夾？你當眞是江山易改，本性難移。」

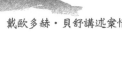

勞爾笑瘋了。

「隨你怎麼說！老朋友，沒人睡覺不關窗的，爲了讓你明白這樣有多危險，我才從你枕頭底下把錢拿走，很好笑吧？」

勞爾的愉悅感染了貝舒，他點頭稱是，也跟著哈哈大笑，一開始的怒火早已平息，但他也直接了當、無所顧忌地說：

「可惡的羅蘋！你還是老樣子，一點兒也不正經！都幾歲了，不覺得丟臉嗎？」

「去舉發我啊！」

「我可不幹，」貝舒嘆了口氣，「你還是逃得掉，大夥兒遇到你都沒輒，再說，我也不想這麼做，畢竟你幫我太多忙了。」

「我還會繼續幫下去。瞧你一通電話，我就立刻趕來睡你安排的客房，享用你準備的早餐。」

給貝舒幫傭的婦人住在隔壁，剛端來咖啡、麵包及奶油，勞爾在麵包上塗抹奶油，吃了好幾片，咖啡也喝個精光，然後他走出房外，就著一小桶冷水簡單梳洗，頓時感到神清氣爽。打理完畢的勞爾賞了貝舒肚子一記老拳。

「戴歐多赫，你可以開始報告了。想必您老兄已經蒐集不少訊息，鉅細靡遺、唱做俱佳是一定的，但請盡量簡單明瞭、中立客觀、有條不紊；不要遺漏任何細節，但也別廢話連篇。不過，在你開口前，先讓我好好看看你！」

勞爾抓住貝舒肩膀，仔細端詳一番：

「老樣子，你一點都沒變！兩條手臂還是那麼長，看起來是好人，只是脾氣差，臉上寫著自大與難搞，行爲舉止確實優雅，問題是有點過頭了，活像個服務生，你眞的有店小二的氣質！好啦！換你說，我保證不打岔。」

貝舒想了一下才開口：

「隔壁住了……」

「插個話，」勞爾說，「這次你是以什麼身份介入此案？警局警長嗎？」

「不，是以朋友身份。兩個月前，也就是四月的時候，我來到哈迪卡提爾，打算好好休養，因爲我之前得了嚴重的肺炎，差點就……」

「我對你的肺炎沒興趣，麻煩言歸正傳，我不會打斷你了。」

「事情發生在『漲潮線』區……」

「這名字眞怪！」勞爾叫道，「在科德貝村附近的河岸邊，有座小教堂，也叫這個名字，因爲塞納河每天漲潮兩次，春、秋分的時候還會遇到大潮，而教堂興建處剛好是滿潮抵達的位置。所以你是說漲潮也會淹到這個地方，不論大潮小潮？」

「沒錯，但嚴格說起來，這個村子的漲潮線，並非來自塞納河，而是塞納河的支線歐赫爾溪，你應該有注意到這條溪流，它流入塞納河，再轉個彎回來，漲潮時分溪水漫溢，高度則依潮汐大小變化。」

「天啊！又開始長篇大論了！」勞爾打著哈欠。

「總之昨天正午，城堡裡的人跑來找我……」

「什麼城堡？」

「漲潮線區的城堡。」

「什麼？這兒有城堡？」

「當然，是一座小城堡，裡面住了兩姊妹。」

「哪個教區的？」

「啥？」

「對啊！你不是說『姊妹』？是『安貧小姐妹會』的修女，還是『聖母望見會』的？你得解釋清楚。」

「你有完沒完？眞是無法跟你說了。」

「我看，不如讓我來說吧，如何？講錯的地方，你隨時糾正，但基本上，我也不可能講錯。聽好了，漲潮線城堡過去是巴斯姆領主的領地，十九世紀中葉，被勒阿弗爾當地一位船長買走。船長的兒子米歇・蒙特席爾在城堡長大成人、結婚生子，也在這相繼失去妻子與女兒，之後與孫女蓓德虹和凱特琳相依為命，就是現在住在城堡的兩姊妹。米歇・蒙特席爾早已離開傷心地，目前定居巴黎，但每年會回老家兩趟，一次是感恩節前後，另一次是狩獵季節，每次待上一個月。大孫女蓓德虹年紀輕輕就嫁給一名巴黎企業家，對方在美洲事業規模極大。講到這邊有問題嗎？」

「沒有。」

「所以只剩小凱特琳與米歇・蒙特席爾同住，還有位忠心耿耿的管家，人稱阿諾德先生。蒙特席爾先生並未特別栽培凱特琳，可說是放任她自由自在地成長，因此這孩子有點任性，想法天馬行空，但活潑開朗，熱衷運動及閱讀。她最愛漲潮線城堡莊園，尤其喜歡跳進歐赫爾溪，在冰涼的溪水裡游泳，游完了就在草叢裡擦乾身體，然後倚著老蘋果樹，讓風兒吹乾沾著水珠的雙腿。爺爺非常疼她，但老先生脾氣古怪、沉默寡言，整天光忙著研究神秘學、化學等，聽說甚至研究煉金術。你懂我在說什麼吧？」

「當然！」

「然而，在一年八個月前，他們照慣例回來度假，然後在九月底某日啓程離開諾曼地，就在當晚，蒙特席爾先生驟逝於巴黎寓所。長孫女蓓德虹當時與丈夫在波爾多，接到消息連夜趕回巴黎，與妹妹相伴。爺爺留下的遺產比想像中少，甚至連遺囑也沒有。至於漲潮線區，自從爺爺過世後，兩姊妹就沒再回去過。城堡的柵欄緊閉，大門深鎖，不再有人出入。」

「正確，沒人出入。」

「直到今年，兩姊妹才決定返鄉，待到夏季結束。蓓德虹的丈夫葛森先生則先到巴黎，再從巴黎前往勒阿弗爾與她們會合。姊妹倆帶著阿諾德先生及一位服侍蓓德虹多年，幫忙打掃煮飯的女僕回去，另外，她們也從村子裡雇來兩名當地的小姑娘當臨時工。一群人開始動手恢復城堡原貌，尤其得好好清理花園，花園裡各種植物叢生，簡直媲美普羅旺斯的帕哈杜村了。老朋友，說到這兒，沒異議吧？」

聽罷，貝舒一臉目瞪口呆，他發現勞爾說的，與他蒐集到的線索相同，也跟他在小冊子上摘要的內容一樣，小冊子塞在臥室壁櫥，夾在一堆文件之中，難道昨晚勞爾・阿維納來的時候，還有時間翻找，甚至詳讀？

「我沒意見，」貝舒嘟噥著，「無懈可擊。」

「我也只能報告到此，」勞爾說，「因爲你的秘密手冊沒提到昨天的事，包括凱特琳・蒙特席爾失蹤、兇殺案等，當然我也無從得知兇手身份。就這樣，我的老朋友。」

「好啦！後來就是……」讓勞爾打了這麼一大段岔，貝舒一時間不知從何講起，「反正，一切不幸事件都擠在昨天短短數個鐘頭內發生……不過我應該先介紹蓓德虹的丈夫葛森先生。他在前晚抵達城堡，這個葛森，事業做很大，個性樂天隨和，而且身強體壯、容光煥發。那天晚上的家庭聚會，我也受邀參加，現場氣氛融洽歡樂，連凱特琳都笑開懷，其實最近她心情頗糟，因爲零星發生的幾起大小事故，害她煩惱了好一陣子。我回家準備就寢時，大約是十點半，整晚平安無事，並沒有可疑的聲響。只是到了早上，才剛正午，蓓德虹・葛森的女僕夏洛特就匆匆忙忙跑來對我說：『小姐不見了，她一定是掉到溪裡淹死了！』……」

勞爾・阿維納再度打斷貝舒：

「這個推測很不合常理，戴歐多赫，你的小冊子上寫說她是游泳健將。」

「誰知道？有可能一時大意，或被什麼東西勾住……總之，當我趕到城堡時，只見姊姊六神無主，她姊夫及管家阿諾德也非常著急，他們帶我到園林另一頭，我們在凱特琳習慣下水的岩石堆中，找到她的浴袍。」

「這不能證明……」

「還是能證明某些事，你聽我說，這幾個星期以來，凱特琳情緒低落，焦慮不安……大家難免會往壞的方向想……」

「你們覺得她自殺？」勞爾平靜地問。

「至少她可憐的姊姊是這麼擔心的。」

「所以她有自殺的動機囉？」

「有可能。她已經訂婚了，婚事方面……」

勞爾激動地大叫：

「什麼！訂婚？她心有所屬了？」

「是，一位年輕男士，今年冬天在巴黎結識的，這也是兩姊妹決定返回城堡暫住的主因。對方是個伯爵，名叫皮耶・巴斯姆，與母親同住在巴斯姆城堡，就是從前漲潮線小城堡隸屬的城堡區，在前方高原地區，從這邊就看得到了。」

「婚事受到什麼阻礙嗎？」

「伯爵的母親反對，她不想讓兒子娶一個沒錢沒頭銜的年輕女子。昨天早上，皮耶・巴斯姆託人送信給凱特琳，我們很快就發現那封信，信上寫道他馬上要離開了，母親逼他出門旅行半年，儘管沮喪無奈也得照辦，他乞求凱特琳別忘了他，等他回來。收到信後一小時，也就是十點左右，凱特琳獨自外出，之後再也沒人見到她蹤影。」

「或許她只是離開城堡，然後剛好沒人知道罷了。」

「不可能。」

「所以，你認爲她自殺了？」

貝舒回答得很乾脆：

「不，我認爲她被謀殺了。」

「見鬼！這又是爲什麼？」

「因爲搜索過程中，我們在城堡莊園全區，就是高牆圍起來的那塊區域，找到明顯的物證，足以證明歹徒就在附近徘徊，極有可能犯下兇案，而且搞不好現在還沒走。」

「你親眼見到嫌犯嗎？」

「沒有，但他已經二度犯案。」

「他殺了人？」

「沒錯。我昨天在電話上跟你提過命案的事，就是他幹的。昨天下午三點，我還親眼目睹……葛森先生正沿著小溪找人，當他準備走過一座被蟲蛀得厲害的老橋時……」

「行了，到此爲止吧！。」

「什麼，到此爲止？我才剛開始講耶！」

「別說了。」

「太誇張了吧！我正要跟你詳述全案，順便說明目前找到的有用線索，結果你卻不想知道，那你到底要怎樣？」

「不是不想知道，而是不想聽兩遍同樣的內容，畢竟檢察署的人馬上就到了，一會兒你還得向他們說明事發原委，現在對我解釋一堆根本白費功夫。」

「可是……」

「別可是了，我的老朋友，你每次講古，總能帶來一陣鋪天蓋地的厭倦，讓我喘口氣吧！」

「那現在要做什麼？」

「帶我逛逛城堡莊園好了，但是拜託，逛就逛，別說話。貝舒兄，你這人最大的毛病就是話太多，懂嗎？就拿你的老朋友羅蘋爲例，他總是謹言慎行，惜話如金，從不像喜鵲那般碎嘴聒噪。唯有安靜下來才能好好思考，當然，假如想釐清思緒，還要拜託身邊的冒失鬼停止無用的言論，別再連珠砲似地滔滔不絕。」

貝舒很清楚這番話是講給自己聽的，而且他就是那個像喜鵲一樣聒噪的冒失鬼。不過，他倆依舊手挽著手走出門外，這對老友的情誼無堅不摧，自有一套相處模式。貝舒表示想問最後一個問題，就一個。

「問吧！」

「你會認眞回答？」

「會。」

「那麼，整體而言，你對這兩起神秘事件有何看法？」

「並不是兩起。」

「怎麼會！明明就是兩件事。先是凱特琳失蹤，接著又發生葛森先生的謀殺案。」

「所以被謀殺的是葛森先生？」

「是的。」

「那也只有一起事件，另一件是什麼？」

「我剛說了，還有凱特琳的失蹤。」

「凱特琳沒有失蹤。」

「那她在哪兒？」

「在她房裡，正在睡覺。」

貝舒轉頭望著這位老朋友，不禁嘆了口氣。看來這小子永遠沒有正經的一天。

這時，他們正走近城堡莊園柵欄，只見一名身材高大的棕髮女人站在柵欄邊，礙於警察駐守，她無法自由出入莊園，只能示意他們趕快過來。

貝舒見狀，一陣不安襲上心頭。

「是蓓德虹・葛森的貼身女僕，」他喃喃道，「昨天她跑來跟我說凱特琳失蹤時，就是這副模樣，該不會又發生什麼事了吧？」

他急忙跑向前，勞爾緊跟在後。

「夏洛特，怎麼了？」貝舒把夏洛特拉到一邊問，「但願別再出事了！」

「是關於凱特琳小姐，」女僕吞吞吐吐地說，「夫人差我來通知您。」

「快說！壞消息嗎？」

「正好相反，小姐昨晚就回來了。」

「昨晚就回來了？」

「對，當時夫人正在死去的先生床前禱告，突然看到小姐哭哭啼啼地走近她。小姐看來筋疲力盡，我們扶她上床後，安撫了好一陣子才入睡。」

「現在情況如何？」

「還在房裡睡覺。」

「怎麼可能！」貝舒說，轉頭望向勞爾。「怎麼可能！這也太離奇了！她正在房間？在睡覺？有這樣的事？」

勞爾・阿維納打了個手勢，意思是說：

「就跟你說過了不是嗎？我永遠是對的，這次也不例外，這下子心服口服了吧？」

「太神奇了！太神奇了！」貝舒反覆說著，因為他實在找不到其他字眼來表達內心的驚訝與欽佩。

chapter 3

謀殺案

漲潮線全區佔地約五公頃，呈狹長狀，歐赫爾溪穿越其中，將其區分爲不等的兩邊。雖然歐赫爾溪的源頭在牆外，但全溪流經區域主要是在城堡莊園區內。

溪水右邊的土地十分平坦，沿著歐赫爾溪，會先看到一座教士們建造的小花園，裡面栽種不少色彩鮮豔的植物，茂密叢生，略顯雜亂，接著能看到莊園，然後是一大片美麗的英式草坪。而在溪水甫流入莊園區的左邊，有一間廢棄的狩獵小屋，這邊的土地高低不平，由於人跡罕至，顯得荒煙蔓草，石塊遍布，上頭雜亂地長了些杉木。儘管莊園區四面高牆環繞，但從附近山丘幾處較高的位置望去，仍能瞥見莊園裡的情景。

溪流中央有座小島，上頭搭建兩道木造拱橋，分別與左右河岸相連，但木橋幾乎都腐朽了，過橋變得十分危險。島上還有一座年代久遠的塔型鴿樓，早已成了廢墟。

勞爾四處閒逛，他完全不像那些彷彿獵犬上身的偵探，急著嗅找獵物的氣味，反而與一般散步的人們沒兩樣，除了欣賞、貼近、擁抱眼前的美景，也順便弄清楚錯綜的路徑小道。

「有什麼想法了嗎？」最後，貝舒輕聲問。

「有，這地方的景致如詩如畫，實在太美了，深得我心。」

「我不是說這個。」

「不然呢？」

「當然是葛森先生的謀殺案啊！」

「你還眞煩人！等時候到了，我自然會提。」

「時候已經到了。」

「好啦！去城堡裡吧！」

城堡並不雄偉，建築低矮，外觀簡樸，主屋兩側另有邊屋，牆壁塗滿灰白色的補土，屋頂非常小。

兩名警察正在門前及窗戶旁來回巡邏。

進入主屋首先看到寬敞的大廳及鐵製扶手的樓梯，大廳兩邊分別是撞球室及隔成兩處空間的餐廳。命案發生後，警方立刻將受害者遺體移到其中一個房間，現在，葛森先生的身體被蓋上白布，周圍點滿蠟燭，還有兩名本地的婦女在守靈，蓓德虹・葛森也著黑色喪服，跪在亡夫身邊禱告。

貝舒走過去，在蓓德虹耳邊低語幾句，她於是起身，來到另一個房間，貝舒向她介紹勞爾・阿維納。

「這位是我朋友，最好的朋友，我常跟您提起的那位，他是來幫我們的。」

蓓德虹長得很像凱特琳，或許還比妹妹漂亮，她跟凱特琳一樣迷人，只是喪夫之痛令她面容憔悴，眼神除了哀戚，還藏著其他情緒，不難猜出應是被這起犯罪暴行引起的恐懼。

勞爾禮貌地彎腰鞠躬。

「夫人，請節哀順變，並請相信我們一定會找到歹徒，讓他接受法律制裁。」

「我也衷心盼望。」她輕聲說道，「爲了早日抓到兇手，我會全力配合，我身邊的親友也是這麼想的，對不對，夏洛特？」她轉身問女僕。

「是的，夫人，我永遠與您同心。」夏洛特表情認眞，向蓓德虹伸出手，表示內心眞摯的承諾。

這時外頭傳來馬達運轉的轟隆聲，大門口的柵欄開啓，駛進兩輛轎車。

沒多久，管家阿諾德走進房間。他大約五十幾歲人，精瘦黝黑，穿著打扮不像男僕，反而像個衛兵。

「先生，是檢察官，」他對貝舒說，「還有兩名醫生，一位是從利里博恩市來的，昨天已經到過城堡，另一位是法醫。夫人要在這兒見他們嗎？」

勞爾接了話，口氣乾脆，毫不遲疑：

「慢著，等會兒免不了被問及兩個問題，首先是葛森先生的謀殺案，這部份還好處理，就全權交由司法，檢調單位會啓動相關調查程序。但是夫人，令妹這邊，我們可得事先想好說詞及應對方式。昨天有通知警方凱特琳失蹤嗎？」

「當然有，」貝舒回答，「因爲大家都以爲她會失蹤一定是遭到殺害了，而且犯案者就是謀殺葛森先生的兇手，所以我們全忙著搜查犯人的蹤跡。」

「那麼她今早返家時，是否驚動到値勤員警？」

「沒有，」蓓德虹肯定地說，「凱特琳跟我說，她有花園小門的鑰匙，從那兒溜進來後，再從一樓窗戶爬進屋內，沒有任何人發現她。」

「之後都沒人問起她回來的事嗎？」

「有的，」管家阿諾德發言，「我剛剛才向警衛隊隊長說明，是我們多慮了，昨天小姐心情不太好，獨自跑到舊洗衣房待著，結果睡著了，洗衣房是另外蓋的獨立空間，大家一時沒想到要找，晚上才在哪兒發現小姐的。」

「很好，」勞爾說，「聽起來很合理，但得小心別說溜嘴了，夫人，還請您務必陪在令妹身邊。現在所謂的案件，只有兇殺案，至於凱特琳昨日的行蹤及目前的狀況都與調查無關，我們提供的線索僅限於兇殺案即可。貝舒，你同意嗎？」

「當眞是英雄所見略同！」貝舒一臉神氣地附和。

當兩位醫生進行驗屍時，檢察官來到餐廳，首度與住在城堡的這家人會面。一名警察正在讀報告，預審法官斐迪耶先生與代理檢察長分別問了幾個問題，不過偵察的焦點全落在貝舒的陳述上，檢察官都認識貝舒，此刻他不是以警察角色，而是以證人，甚至可說是親身參與的目擊者身份講話。

貝舒先向眾人介紹勞爾．阿維納，說是自己一位朋友，恰好來此地遊覽，借住他家，隨後娓娓道出事發經過。他字字斟酌，不時加入補充說明，整段話窒礙冗長，讓人聽得分外吃力。

「容我仔細向各位說清楚，昨日在城堡，我們……之所以說『我們』，是因爲這兩個月來，幾位太太小姐早把我當城堡裡的一份子……是這樣的，我們爲了某些不成譜兒的原因心急如焚，這些原因多說無益，反正大家因此以爲蒙特席爾小姐出了意外，我承認自己一開始也判斷錯誤，由於有相關辦案經驗，我認爲有提高警覺的必要，才未經求證便跟著窮緊張，結果，凱特琳．蒙特席爾不過是去小溪游泳，之後大概是累了，或身體不舒服，就返回城堡休息，又恰巧城堡的人都沒看見……我本身則是不在場……加上她留在溪邊的浴袍，大家難免胡思亂想……」

原本滔滔不絕的貝舒，突然來個莫名其妙的停頓。他向勞爾使了個機伶的眼神，彷彿在說：

「瞧，這樣凱特琳就與案情無關了……」他臉不紅氣不喘，再度開口：

「總之，那時是下午三點。稍早我接到通知，立刻趕往城堡莊園，一起出發找人，卻遍尋不著，大家只好先用午餐，誠如我對各位所述，每個人都心急如焚，但焦急中仍舊抱著一絲希望。『既然找不到人，』我婉轉地說，『有可能只是一場烏龍，或許沒多久就有消息了。』葛森太太稍微恢復鎮定，便先上樓回房，阿諾德和夏洛特尚待在廚房吃中飯，諸位都看到了，廚房位於莊園右側屋舍最旁邊的房間，開口與大門面對同個方向；葛森先生與我則繼續討論凱特琳失蹤的事，我倆抽絲剝繭，努力縮小搜尋範圍，當時葛森先生提到：『話說回來，我們還沒去過小島。』」

「『去那兒做什麼？』我問；預審法官先生，恕我提醒您，葛森先生前兩天才抵達莊園，在此之前，他有好幾年不曾踏入漲潮線區，因此他不像我們對這地方那麼熟悉，畢竟其他人已在這兒待了兩個月以上。『去那兒做什麼？』我問，『橋都腐朽的差不多了，除非發生緊急事故，否則沒人會過橋。』」

「『那該怎麼去對岸？』葛森先生反問。『根本不會有人去，』我回答，『凱特琳小姐游泳完，也絕對不會想去島上或對岸散步。』『話是沒錯……』他喃喃道，『不過，我還是想過去繞一繞。』」

貝舒再度停下來，他走到大門門檻處，並請斐迪耶先生與代理檢察長移駕，三人來到門外狹窄的長廊上，長廊圍著一樓搭建，是用水泥鋪設的。

「預審法官先生，這就是我們談話的地方。葛森先生離開時，我坐在那張鐵椅上沒跟去，您對這幾個地點的範圍遠近應該挺清楚，對吧？從門廊到橋頭這段距離，以直線計算，我估計不超過四十八公尺。也就是說，您應該也發現了，前方這座拱橋上不論發生什麼事，站在門廊的人是看得清清楚楚，甚至後頭那道通往對岸的橋也在視線範圍內，包括小島的景物皆一覽無遺。島上沒有樹，連小灌木叢都沒有，唯一妨礙視線的是一棟古老的鴿樓。然而，就這個事發地點，也就是鴿樓門前來說，我們可以肯定毫無遮蔽物，藏不了任何人，這點我能保證。」

「鴿樓裡頭就不一定了。」斐迪耶先生提醒道。

「沒錯，裡頭例外。」貝舒表示同意，「不過，這我們等會兒再說。葛森先生離開門廊後，就沿著左邊這條小路，繞經草坪，走過疏於維護、幾乎遭廢棄的小徑，最後來到橋邊，踏上第一節支撐拱橋的木條。他緊抓住搖晃不穩的欄杆，伸腿踩了幾個位置，找出比較堅固的地方，每走一步就重複同樣的動作，他越走越快，沒多久就到島上，此時我才明白葛森先生到底想探查什麼，因爲他直接走到鴿樓門前。」

「我們能靠近點看嗎？」斐迪耶先生提出要求。

「不，不，」貝舒立刻大喊，「還是從這裡看爲佳，預審法官先生，您應該待在事發時我待的地點，從同一個視角，回想我看到的景象。是的，同一個視角。」貝舒講了二次，對自己的遺詞用字頗為得意。「另外，我得說在下不是唯一的目擊證人，當時，阿諾德先生已經吃完午餐，走到長廊抽菸，不過，是廚房那邊的長廊，您可以看到就在我們右手邊二十公尺處，而他也瞧著葛森先生的一舉一動。預審法官先生，如此說明還算清楚吧？」

「請繼續，貝舒先生。」

貝舒接著說：

「島上觸目所及是整片荊棘、蕁麻，滿地的藤葛蔓草雜亂叢生，擋人去路。我一直問自己葛森先生為何想去鴿樓，凱特琳小姐根本沒道理會躲在裡面，難道是因為好奇？或有什麼事他想弄清楚？不管怎麼說，那時葛森先生離門口大概只剩三、四步之遙。您應該看到門了，很清楚不是嗎？門剛好面向這邊，是扇低矮的拱門，小門底下有一塊巨大的石板，用以支撐鴿樓的環形圍牆。門被一只扣鎖鎖住，另有兩道大門閂。葛森先生彎下腰，扳開扣鎖，鎖立刻就開了，原因很簡單，您等會兒也會看到：本來釘在石頭上的某個螺絲釘被鬆開了。於是只剩下門閂，葛森先生分別推開上下兩道門閂，接著抓住門把，將小門往外拉開。結果，說時遲那時快，出事了！島上傳來一聲槍響，葛森先生根本沒時間伸手抵禦或後退閃躲，甚至來不及意識到危險，就冷不妨遭到槍擊，他應聲倒下。」

說到此，貝舒沉默下來。他語氣堅定卻急促，顯見昨日那起兇殺案帶給他不小的驚懼，而這番忠實闡述，再度挑起葛森太太的傷痛，她落淚哭泣。檢察官無不感到驚訝，等著貝舒重新開口。一旁的勞爾·阿維納靜靜聽著，並未表達意見。過了一會兒，主講人貝舒才向觀眾出聲，終止這片靜默：

「無庸置疑地，預審法官先生，子彈來自屋內。我起碼能找出二十項證據佐證，但我只提其中兩項就好。首先，鴿樓外不可能有藏身之處，再者，槍擊產生的煙霧是從鴿樓內部往外逸散，自牆壁的縫隙竄出後，沿著外牆飄離。的確，我是花不到一秒鐘就下此結論，但也很快證明事實如此。那時我馬上衝向小島，阿諾德先生也往我這邊奔來，後頭還跟著葛森太太的貼身侍女。當時我心想：『兇手在裡面，就在門後……他手上有武器，我可能會遭槍殺……』雖然我沒親眼見到歹徒，畢竟門扇擋住視線，無法看見鴿樓內發生的事，但我並未因此動搖，仍堅信自己想法正確。然而，就當阿諾德先生和我走過木橋，預審法官先生，我得向您發誓，我們過橋時顧不得小心謹慎，只想著快到島上，結果，當我們帶著手槍，抵達敞開的鴿樓門前一看，裡頭沒人……空無一人！」

「想必是躲在鴿樓某處吧！」斐迪耶先生立刻如是說。

「我認爲不可能，」貝舒回答，「但爲了以防萬一，我還是請阿諾德先生及夏洛特到後方巡視，免得歹徒從窗戶或其他出口逃脫，我自己則跪在葛森先生身邊。他已經奄奄一息，別說開口敘述事發經過，連零星的字都說不清了。我解開他的領帶，鬆開衣領，扯開襯衫，衣服上沾滿血跡。這時候，聽到巨響的葛森太太已趕到鴿樓，她的丈夫就這麼躺在她懷裡死去。」

貝舒稍作暫停，兩位檢察官低聲交換意見，勞爾・阿維納則低頭沉思。

「現在，」貝舒說，「預審法官先生，若您願意跟我一道前往現場，我能給您指出其他補充的線索。」

斐迪耶先生表示同意，貝舒越發感到驕傲，他滿臉嚴肅莊重地為長官帶路，一行人來到木橋邊，大致測試後，發現木橋比想像中堅固許多。事實上，假如試著搖動木橋，會發現某些木板，尤其是支撐用的橫樑狀況仍相當好，想安全過橋不成問題。

古老鴿樓的塔頂面積雖大，但高度低矮，牆面採黑白兩色的小石子，相間拼組而成，再以小塊的鮮紅色磚石繡出輪廓。牆上的凹洞過去是給鴿子築巢休憩之用，如今都用水泥封住了。屋頂有幾處缺口，主要是因牆頂的石材受風化所致。

大家走進鴿樓，光線穿過屋頂的樑柱，自高處灑落，屋樑的石瓦幾乎毀損殆盡。地板泥濘不堪，滿地是殘磚碎瓦，還有不少積滿污水的坑洞。

「您已先巡視並搜查此處了嗎，貝舒先生？」斐迪耶先生問道。

「是的，預審法官先生。」警長回答，口氣似乎是說，很難找到別的警長能像他這樣，同時做好巡視及搜查。「是的，先生，這對我來說輕而易舉，我一下就看出歹徒不會待在各位面前如此顯眼的地方。我問過葛森太太，她說印象中鴿樓有個地下室，小時候她曾與爺爺一起爬梯子下去。於是，為避免功虧一簣，我馬上請阿諾德先生騎腳踏車，趕去通知利里博恩市的醫生及警衛隊。葛森太太待在丈夫身邊禱告，夏洛特則找來一塊布，讓葛森先生躺在布上，替他蓋上毯子，我也開始進行調查。」

「您獨自展開調查？」

「是的，就我一人，」貝舒大聲說著，彷彿成了警方與檢調公權力的代言人，好一副威風凜凜的模樣！

「調查時間長嗎？」

「還算簡短，預審法官先生。首先我在地上水窪處找到凶器，是一把能連擊七發子彈的英國白朗寧自動手槍，您能看到手槍還在原地。接著，我在石堆下方發現一扇活門，掀開活門即見一道小木梯，由於梯腳緊鉤住活門，打開活門時會連帶轉動木梯，我沿著木梯往下，進入葛森太太記憶中的地下室。裡面是空的。預審法官先生，是否煩勞您隨行？」

貝舒打開隨身攜帶的手電筒，爲檢察官們引路，勞爾也跟在後面。

地下室大約五平方公尺大小，是順著塔樓圓周搭建的方形房間，拱型天花板十分低矮，上層的水經由天花板的裂口滲透而下，導致地板累積了約十五公分的淤泥。貝舒請大家留意，過去這類地下室會裝設電燈，所以至今還看得到電線及照明設備，另外也提醒眾人，濕氣及霉味恐怕會令人作嘔。

「貝舒先生，這兒也沒躲人嗎？」斐迪耶先生問。

「沒有。」

「沒有任何可藏身的地方？」

「警衛隊某位隊員曾來進行二度搜索，他告訴我地下室空空如也，再說，待在這種殘破的地方，又是地底下，誰有辦法呼吸呢？這問題著實讓我苦惱了一會兒。」

「您找到答案了嗎？」

「是的。此處裝有通風管，穿過天花板，直達塔樓座墩，開口恰好位於水平面之上，遇到大潮時也不例外。等會兒到外頭我再指給您看，就在鴿樓後面。不過就算有通風管，現在也是半堵塞的狀態。」

「那麼，貝舒先生，您的結論是？」

「我沒有結論，預審法官先生，容我謙卑地對您承認，沒有結論。我很清楚葛森先生是被躲在塔樓裡的某人謀殺，但此人上哪兒去了我一無所知。還有，歹徒為何要殺害葛森先生？是預謀？亦或錯殺？是仇殺？亦或財殺？又或者是臨時起意？我毫無頭緒。我再說一次，有人事先進入塔樓，躲在門後，然後開槍殺人……就這樣。我們只能說，預審法官先生，在新的事證出現之前，目前的搜查結果，包括後來警衛隊進行的調查，距離事實真相都還很遠。」

貝舒這番話說得斬釘截鐵，彷彿遇到了一樁永遠解不開的懸案，於是斐迪耶先生出聲提醒，其中不乏諷刺意味。

「歹徒必定是藏在某處，除非他有飛天遁地的本事，否則不可能就此人間蒸發，您卻說得好像他眞能憑空消失一樣。」

「儘管去找，預審法官先生。」貝舒惱怒地說。

「我們當然會找，警長，而且我相信在雙方通力合作下，案情必能早日水落石出。從犯罪的角度來說，怪力亂神是不存在的，只論犯案過程與技巧是純熟或拙劣，關於這點，我們一定會找出歹徒的作案手法。」

貝舒覺得大家已經不需要他，他的任務算暫時完結了。所以他把勞爾拉到一邊。

「你有什麼話要說嗎？」

「我？沒有。」

「你應該有點想法吧？」

「關於什麼的想法？」

「關於歹徒啊！他是如何逃脫的？」

「這倒有不少想法。」

「但我看你似乎心不在焉，一副窮極無聊的樣子。」

「因爲聽你講古有夠無聊的，貝舒，我的老天！你講話眞是冗長囉唆！」

貝舒可不服：

「我的證詞簡潔明瞭，足以成爲典範，你聽我該說的一字不漏，不該說的絕不多嘴，就像只要該做的事，我必定全力完成。」

「但你並未完成該做的事，因爲你還沒找出答案。」

「那你呢？承認吧！你可沒比我高明。」

「高明多囉！」

「怎麼說？剛才你還說自己什麼都不知道。」

「我什麼都不知道，也什麼都知道。」

「你倒是說說看啊！」

「我知道事情怎麼發生的。」

「啥？」

「承認吧！能搞懂事發經過不簡單吧！」

「不簡單……確實不簡單……」貝舒結結巴巴地說，他全身僵硬，覺得有點站不穩，他像平常一樣睜大雙眼瞪著勞爾。「那你能告訴我嗎？」

「啊！跟你說？我看免了吧！」

「爲什麼？」

「因爲講了你也聽不懂！」

chapter 4

攻擊事件

貝舒對勞爾說的話不以爲意，絲毫不打算爭辯，甚至連脾氣也沒發，因爲他知道，此時勞爾就如以往，已經發現其他人沒注意到的細節。這樣的話，讓勞爾冒犯一下又何必生氣？再說他對預審法官及代理檢察官也客氣不到哪裡去。

貝舒還是緊緊挽著好友的手臂，拉著他去園林，沿路嘴巴沒閉過，三句不離案情，他眉頭深鎖，提出不少疑問，希望能從勞爾那兒得到解答。

「總之，太離奇了！有太多疑點需要釐清！你也很清楚，不需要我逐項列舉吧？比方說，藏在塔樓裡的歹徒，犯案後還逗留在裡面是說不通的，況且我們也沒找到他；但說他逃掉了也不對，因爲我們根本沒看到他逃跑。到底是怎麼回事？另外，犯案動機呢？難道說，前天葛森先生一抵達城堡莊園，就有人想除掉他？會殺人通常是為了除掉特定對象，這麼說，那人已經算到葛森先生會穿越木橋登島，然後打開鴿樓的門？這也太玄了！」

貝舒說到此暫時打住，轉頭觀察朋友的表情，但勞爾沒什麼反應。他又接著說：

「我知道，你會說這一切或許只是巧合，歹徒犯案純粹是因為葛森先生誤闖賊窩。但這種假設未免荒謬，沒錯，相當荒謬。」貝舒連講兩次，口氣輕蔑，好像他認為勞爾已經作了如此推論，「因為，葛森先生可是花了兩、三分鐘才打開鴿樓門，而歹徒只消花其中二十分之一的時間，就能避開他躲進地下室。你得承認我這邏輯並無漏洞，除非你有更有力的說法，否則很難推翻。」

勞爾看來並不打算推翻什麼，依舊沉默不語。

於是貝舒改變策略，轉而質疑另一件事。

「凱特琳・蒙特席爾那件事也一樣，能見度是零，完全理不出頭緒。昨天一整天她到底在做什麼？上哪兒去了？怎麼進家門的？又是幾點回來？很神秘。對你或許又更加神秘，畢竟你完全不了解這位年輕小姐的過去，她常心神不寧，某些恐懼可以理解，某些則令人費解，此外，也不乏光怪陸離的想法，反正，就是一無所知。」

「確實一無所知。」

「我也沒比你多知道多少，但起碼能提供你幾項關鍵要點。」

「暫時不感興趣。」

貝舒火大了。

「見鬼，講了半天你竟說沒興趣？你老兄到底在想啥？」

「想你這人。」

「我？」

「對。」

「那想到什麼了嗎？」

「跟我平常想得一樣。」

「就說一樣是個蠢蛋就對了。」

「剛好相反，我認爲你是個邏輯分明、行事愼重之人。」

「所以呢？」

「所以我從早上就很好奇你爲何會來哈迪卡提爾？」

「不是早說過了？我之前得了肺炎，才會來這邊休養身體。」

「休養身體是沒什麼問題，但你大可去別的地方，例如朋丹市或夏虹東市。爲何選擇這個小村子？這是你從小長大的地方嗎？」

「不是，」貝舒說得扭捏，「因爲我朋友剛好有棟小屋在這兒，然後……」

「你說謊。」

「哪有！」

「借我瞧瞧你的錶，可愛的貝舒。」

警長從口袋取出一只舊銀製懷錶交給勞爾。

「好，」勞爾接過來，「要讓我告訴你錶殼下有什麼嗎？」

「哪有什麼！」貝舒的表情越來越尷尬。

「有的，裡頭有塊小紙板，這塊小紙板就是你愛人的照片。」

「愛人？」

「對，那位廚娘。」

「你又在唱那一齣？」

「你是廚娘夏洛特的情人。」

「夏洛特不是廚娘，她是貼身女伴。」

「好吧！負責煮飯的貼身女伴是你的愛人。」

「你瘋了不成？」

「反正你愛上她了。」

「我沒有！」

「那你爲何把照片藏在懷錶裡，還擺在胸前口袋？」

「你怎麼會知道？」

「昨晚我從你枕頭下，拿了錶想看時間……」

貝舒喃喃罵道：

「眞是個無賴！」

他很生氣，氣自己又被這傢伙愚弄，再度成了勞爾取笑的對象。廚娘的情人？天啊！

「我再說一遍，」貝舒一字一句地說，「夏洛特不是廚娘，她是貼身女伴，得識字，讀書給夫人聽，幾乎算葛森太太的密友了，她人品高尙，聰明伶俐，葛森太太很是讚賞。我很高興在巴黎能認識這個朋友，後來我大病初癒需要休養，是她向我提及這棟小屋要出租，建議我來哈迪卡提爾，呼吸這兒的新鮮空氣。我到了以後，她帶我來城堡莊園，介紹我給太太小姐們認識，她們都很歡迎我，很快就把我當自己家人，事情就這麼簡單。這位女士忠誠可靠，我很尊重她，當她的情人我可高攀不起。」

「那當她丈夫呢？」

「這是我的事。」

「你說得沒錯。不過，如此善良聰慧的貼身女伴又怎會願意和男僕來往呢？」

「阿諾德先生不是一般男僕，他是位盡忠職守的管家，大家都很尊敬他。」

「貝舒，」勞爾愉快地嚷著，「你眞聰明，運氣又好，以後貝舒太太會給你煮許多佳餚好菜，我就準備到你家搭伙，而且，我也覺得你未婚妻很不錯，落落大方，優雅迷人，窈窕豐滿……眞的，我是內行人，你知道的嘛！」

貝舒緊抿雙唇，對這些玩笑話很反感，尤其見他擺出那副萬事通的模樣挖苦人，更令人火上心頭。

貝舒決定結束這個話題：

「夠了。我們談的是蒙特席爾小姐，你那些問題都跟她無關。」

他們返回城堡後，在葛森太太一個鐘頭前待過的房間裡，發現徬徨無助、臉色蒼白的凱特琳。貝舒上前向小姐介紹朋友，勞爾彎腰親吻年輕女孩的手，熱絡地說：

「早，凱特琳，您好嗎？」

貝舒見狀，不禁困惑：

「什麼！不會吧！你認識小姐？」

「不認識，但常聽你提起她，聽得我都熟了。」

貝舒打量著他倆，陷入沉思。現在又是什麼情形？難道勞爾早在不知何時，就已經與蒙特席爾小姐相熟，而非現在他好意介紹才認識的？所以，自己又被擺了一道嗎？但這未免也太莫名其妙、太匪夷所思了！看來想拼湊出眞相，似乎還缺不少線索。貝舒有點惱羞成怒，他轉身背對勞爾，氣沖沖地離開。

貝舒一走，勞爾．阿維納立刻向凱特琳鞠躬致歉：

「小姐，請原諒我的無禮放肆，不瞞您說，爲了維持在貝舒心中的份量，我習慣製造些令他瞠目結舌的驚奇，是有點幼稚，他會先覺得不可思議，把我當巫師或魔鬼看待，接著就大聲咆哮，拂袖而去，我也換得耳根清淨。畢竟，我需要靜下心，才能破解案情。」

他覺得自己的行爲及能力已獲得年輕女孩百分之百的支持。重點是，打從第一次見面，女孩的態度就是全心信賴，對這份溫柔的力量言聽計從。

女孩握緊他的手：

「照您的意思去做吧，先生！」

凱特琳看來十分疲憊，勞爾勸她回房休息，盡量別讓預審法官撞見，否則免不了一番詢問。

「小姐，請待在房裡別出來，在弄清楚狀況前，我們最好提高警覺，提防任何可能的攻擊。」

「您在擔心什麼嗎，先生？」她顫抖地問。

「我不是擔心，但敵人在暗處，情況也不清楚，我始終相信小心至上。」

勞爾請凱特琳待在臥室，再請人告知葛森太太，准許他仔細參觀屋內，於是，夫人交代阿諾德先生陪同勞爾四處看看。他們先到地下室和一樓大廳，接著上二樓，臥房全在這層，房門一律面向長廊，房內空間不大，且天花板低矮，房間內部因隔間多，格局顯得複雜，角落或隱密位置多拿來設置盥洗室，牆壁仍保留十八世紀的鑲板設計，壁爐上方或窗戶間的牆面不乏裝飾，另擺設有幾張座椅及扶手椅，上頭鋪著已褪色變舊的手工氈毯。而蓓德虹及凱特琳的臥室中間，正好隔著樓梯井。

再往上還有三樓，也就是頂樓，頂樓空間極大，堆滿了報廢的工具，左右兩側隔出數間傭人房，但幾乎沒人住，也沒有裝潢。夏洛特睡在右邊其中一間，剛好在凱特琳臥室上方，而阿諾德先生的房間在左側，下方則是蓓德虹的寢室。從四人的房間望出去，都能看見園林。

勞爾研究完室內格局後，轉身走出屋外。檢察官那邊由貝舒陪同，仍持續進行調查，因為他們快回來了，勞爾刻意走小路避開，來到牆邊那道小門旁，那天早上，凱特琳就是利用這扇門溜進城堡裡的。此處灌木叢生，旁邊有座倒塌毀壞的花房，常春藤交錯盤繞，滿地瓦礫破磚，堆滿花園這角的空間。勞爾早預留了小門的備份鑰匙，得以避人耳目，自由出入。

園外沿著牆有條小道，順著小道往前，能一路爬上附近山丘的第一道斜坡。離開漲潮線區後，地勢馬上變高，只要穿過果園及樹林邊界，就能抵達最近的高地，那兒群聚約二十幾間茅草屋及房舍，隸屬於巴斯姆城堡區。

城堡主體旁圍繞了四座小塔，建築外觀及規劃與漲潮線城堡莊園如出一轍，只不過漲潮線城堡算是縮小版。那位反對兒子皮耶及凱特琳婚事，並拆散這對論及婚嫁戀人的巴斯姆女伯爵就住在此處。勞爾繞了一圈，然後到村莊的小旅館吃午餐，順便與當地居民閒聊。當地人都知道兩個年輕人坎坷的愛情故事，大家經常撞見他倆約在鄰近的森林見面，然後坐在一起，十指緊扣，不過，倒是有好幾天沒見到兩人了。

「這樣就清楚了，」勞爾心想，「女伯爵要求兒子外出旅行，兩人自然不會再見面。昨天早上，男方託人送信，告知凱特琳他即將離開的消息，不知如何是好的女孩離開漲潮線區，跑到兩人平常相見的地方，但皮耶・巴斯姆伯爵並不在那兒。」

勞爾・阿維納離開高原，朝著來程時往上行經的小樹林而下，突然，他發現茂密的枝葉下藏著一條小徑，就開在幾個矮樹根中間。沿著小徑，他來到林中一處沒種樹的空地入口，空地旁邊是斜坡，斜坡上倒是種滿樹木，往斜坡方向看過去，正前方有張木頭長椅，想必這對訂了婚的戀人就坐在那兒談情說愛。他走上前坐下，過沒幾分鐘，竟萬分驚訝地發現，似乎有什麼在樹木間流竄，至少十或十五公尺遠的地方，有東西在動。那裡有些枯葉，被集中堆積起來，奇怪的是，枯葉竟然會移動。

他悄悄靠近那堆枯葉，枯葉的動作越來越大，接著他聽到一陣呻吟，等他走到定位，赫然發現枯葉裡冒出一顆老太婆的腦袋，披頭散髮，亂髮中混雜著青苔及小樹枝，接著，鑽出一副瘦弱的身軀，老人衣衫襤褸，掙扎著爬出這張枯葉床，蓋滿全身的枯葉活像張裹屍布。

老太太臉色慘白，驚慌失措，眼神惶恐不安，她全身無力，再度倒下，扶著頭喊痛，似乎是遭人重擊，痛苦難耐。

勞爾試著問她問題，但對方只是不斷哀嚎，無法聽懂她的意思，勞爾決定先安置老太太，於是他返回巴斯姆村莊，找旅館老闆一起來到樹林，沿途老闆向他說：

「鐵定是佛薛大嬸，她是個說話顛三倒四的老太婆，打從兒子過世就變得神智不清了。她兒子是樵夫，有一天砍橡樹的時候，被迎面倒下的大樹壓死。佛薛大嬸過去常到城堡打零工，蒙特席爾老先生還在的時候，她常去幫忙清理小路的雜草。」

果然，旅館老闆認出是佛薛大嬸。佛薛大嬸住在一間離樹林不遠的破舊小屋，勞爾和旅館老闆送她回家，扶她上床，想安撫她入睡，但大嬸口中依然唸唸有詞，內容含糊難懂，最後，勞爾總算聽懂幾個反覆出現的字眼：

「三棵榴樹，跟您說喔，漂亮小姐……三棵榴樹……糾是哪先生（就是那先生）……跟您說……他會對您做壞事……會殺了您……漂亮小姐……當心哪……」

「她老眼昏花了，」旅館老闆冷笑，轉身準備離開，「再見，佛薛大嬸，快睡著要緊啊！」

老太太輕聲啜泣，顫抖的雙手還是緊緊抱住頭，表情顯得痛苦。勞爾靠近仔細一瞧，才發現她糾結的灰髮中，有些許凝固的血跡。勞爾取出手帕，沾了一點水壺的水，輕輕爲她止血。直到佛薛大嬸平靜下來，漸漸入睡後，勞爾重新回到樹林空地。其實只要稍彎下腰，就能發現枯葉堆附近有根木棍，顯然是用剛砍斷的樹根做成的。

「有人攻擊佛薛大嬸，」他自言自語道，「然後將她拖到這兒，埋在枯葉堆裡，任其死亡。是誰幹的？又爲何要攻擊她？引起這一連串事件的會是同一名歹徒嗎？」

不過，眞正令勞爾擔心的是佛薛大嬸說的話……「漂亮小姐。」是否與凱特琳・蒙特席爾有關呢？是否二十四小時前，年輕女孩正在樹林裡四處尋找未婚夫，恰好遇見這瘋婆子，然後聽聞「他會殺了您，漂亮小姐……他會殺您……」這種駭人之語，導致女孩心生畏懼，才逃往巴黎找他勞爾・阿維納求救？

凱特琳突然跑去巴黎這件事似乎找到答案了，至於其他難懂的胡言亂語，包括老太太反覆提及的「三棵榴樹」，勞爾暫時不想花時間研究，照慣例，他總認爲時候到了，謎底自然會解開。

勞爾快黃昏時才回到城堡，檢察官及醫生已經離開好一陣子，大門柵欄旁依舊有警衛站崗。

「一名警衛不夠。」他對貝舒說。

「爲什麼？」貝舒反應很快，「你擔心什麼？還會出事嗎？」

「你呢，貝舒？你不擔心嗎？」勞爾反問。

「有什麼好擔心？我們該做的是調查已經發生的問題，而非預測未來會發生什麼。」

「看你多駑鈍，可憐的貝舒。」

「夠了，到底怎樣？」

「凱特琳・蒙特席爾有危險。」

「說到底，她杞人憂天，你也當眞有那麼回事？」

「隨你怎麼說，誰叫你是從不出錯的貝舒，你就照原先想的去做吧！先去吃個晚餐，再抽個煙斗，然後回到貝舒皇宮，舒舒服服睡上一覺。至於我，絕不會離開城堡半步。」

「你的意思是我們在此過夜？」貝舒聳肩嚷道。

「對，客廳裡有兩張舒適的扶手椅，萬一你冷了，我會變個懷爐給你，要是餓了，我會給你拿塊果醬麵包，假如你打呼，我會派腳過去跟你打聲招呼，如果你……」

「行了行了！」貝舒笑著說，「我會只閉一隻眼睛睡覺啦！」

「那我就閉另外一隻，剛好湊一對。」

在城堡用過晚餐後，兩人抽著煙，天南地北地閒聊，他們提起共同的回憶，爭相說著大大小小的經歷，中間還兩度巡視整個莊園，甚至冒險過橋，到鴿樓看看，順便叫醒靠著柵欄石柱打瞌睡的守衛兵。

午夜時分，他們回到客廳。

「你閉哪一眼，貝舒？」

「右眼。」

「那我就閉左眼，不過，我兩隻耳朵可都會開著。」

房屋內外安靜無聲，萬籟俱寂。貝舒壓根兒不覺得有何危險，睡得不醒人事，鼾聲連連，惹得勞爾連踢了他小腿兩次。但勞爾自己也不敵睡魔，沉沉睡去，一小時後，才被某處傳來的尖叫聲驚醒，他倏地彈起。

「沒事，」半夢半醒的貝舒說，「是貓頭鷹啦！」

突然又傳來一聲驚呼。

勞爾往樓梯方向跑去，大聲叫道：

「從樓上傳來的，妹妹的房間……啊！該死，有人想傷害她……」

「我到外面去，」貝舒說，「歹徒會跳窗逃逸，剛好逮住他。」

「萬一歹徒現在把凱特琳殺了怎麼辦？」

於是貝舒回頭，兩人奔上樓梯，快到二樓時，勞爾對空鳴槍，一方面阻止歹徒行兇，也藉此警告僕人當心。到房門口，他用力撞門，硬把門板撞壞，貝舒伸手調整門鎖的位置，接著插入鑰匙打開門，兩人衝進房內。

房間只開一盞小燈，光線相當昏暗，窗戶被打開了，房裡只剩凱特琳一人，她倒在床上喊痛，聲音嘶啞，似乎快喘不過氣來。

「貝舒，你快到花園看看，我照顧凱特琳。」勞爾如此吩咐。

這時，蓓德虹．葛森也趕來，兩人俯身察看凱特琳的狀況，覺得應該沒有大礙，不用太擔心。她深呼吸幾口，氣若游絲地說：

「那人掐住我脖子……差一點就……」

「有人掐住您……」勞爾激動地說，「啊！天殺的傢伙！他從哪兒進來的？」

「我不知道……大概是窗戶吧……」

「窗戶原本關著的嗎？」

「不……我從不關窗……」

「知道他的長相嗎？」

「只看到一個黑影。」

凱特琳無力多說，驚恐及疼痛讓她筋疲力盡昏了過去。

chapter 5

三棵「榴」樹

蓓德虹忙著照顧妹妹，勞爾趕到窗邊，發現貝舒緊抓著陽台欄杆，懸空掛在窗戶外面。

「你在幹什麼？快下來，笨蛋！」他吼道。

「下來以後呢？外頭漆黑一片，下去能找到什麼？」

「那你這樣掛著又有什麼用？」

「從這兒可能可以看得清楚些……」

貝舒拿出手電筒往花園照去，勞爾也跟著照辦，兩支手電筒加起來效力大增，強勁的光束在小徑及樹叢間來回搜索。

「有了，在那兒，」勞爾說，「有人影……」

「沒錯，在廢棄的花房旁邊……」

人影像受傷的野獸連跑帶跳，左閃右躲，很明顯是爲了避免被認出身份。

「盯緊他，」勞爾交代貝舒，「我下樓去追。」

然而，在他準備跨過陽台前，樓上傳出槍響，想必是僕人阿諾德開得槍。花園那頭爆出一聲慘叫，人影重心不穩，轉個圈後跌倒在地，雖然很快爬起來，卻再度倒地，終於蜷縮成團，一動也不動。

這時勞爾躍向空地，一邊發出勝利的歡呼：

「逮到他了！幹得好，阿諾德！貝舒，繼續照這頭猛獸，幫我引路。」

但很不巧，急著加入戰鬥的貝舒並未聽令，反而跟著跳下陽台，等兩人奔至花房附近，也就是勞爾所謂的「猛獸」倒下之處，打開手電筒一照，只見草坪慘遭踐踏，凌亂狼籍，屍體則不知去向。

「蠢貨！呆瓜！」勞爾怒吼，「都是你的錯！他利用你恩賜的幾分鐘黑暗空檔逃走了。」

「但他明明死了！」貝舒發著牢騷，一臉無辜。

「照理該有一具僵硬的屍體，像寶石那麼硬，結果，全是騙局。」

「不過，還是可以跟著他的足跡追進樹林。」

警衛隊趕來與兩人會合，眾人一起花了四、五分鐘，俯身查看草地，腳印延續幾公尺遠，最後在一條礫石小徑前斷了蹤影。勞爾也不戀棧，直接返回城堡，阿諾德正帶著步槍下樓。

阿諾德是被勞爾的槍聲吵醒，他原本以爲是警衛正在追捕殺害葛森先生的兇手，等他打開窗子，低頭定神一瞧，依稀看見有個男子的黑影從蒙特席爾小姐房間一躍而下，於是他立刻取槍瞄準，當手電筒的強光聚焦在嫌犯身上時，隨即開槍。

「可惜，」他說，「後來燈滅了，否則他插翅也難飛。不過，遲早會抓到的，他受了重傷，很快會被我們逼出荊棘叢，像野獸般流濃發臭而死。」

今晚可說一無所獲，凱特琳依然熟睡，勞爾確定她身邊有姊姊蓓德虹及夏洛特照看後，就去小睡一會兒，貝舒也是。天剛泛魚肚白，兩人便起床展開搜索，但很快就明白難有新的突破。

「連個鬼影子也沒有！」最後貝舒這麼說，「殺害葛森先生及企圖勒斃凱特琳．蒙特席爾的兇手大概早就安排好藏身之處，或許是什麼銅牆鐵壁，所以才不怕我們。等傷勢一復原，前提是眞有受傷的話，只要有機會，他必定會再次發動攻擊。」

「而且這回，咱們得比昨晚更小心，否則難保對方不會得逞。」勞爾．阿維納沒忘記佛薛大嬸的話，「貝舒啊貝舒，好好看著凱特琳．蒙特席爾，妹妹恐怕是關鍵啊！」

隔天，蓓德虹在哈迪卡提爾的教堂爲丈夫舉行追悼儀式，結束後即扶棺前往巴黎，準備將葛森先生葬在故鄉。而蓓德虹不在城堡的期間，凱特琳臥病在床，高燒不斷，身體非常虛弱。夏洛特換到她房裡睡，勞爾及貝舒則分別住進隔壁兩間臥房，兩人輪流站崗，留意動靜。

檢調單位仍繼續查案，勞爾花了點功夫，因此檢察官和警衛隊並不知道蒙特席爾小姐遭到攻擊，他們一心以爲只是夜裡發生的小警報，又誤認外人闖入才會開槍，所以，調查範圍仍限於葛森先生的命案，並未牽扯至凱特琳，加上她身體不適，就算訊問也只問個形式，而凱特琳皆以全然不知情回應。

貝舒這邊則態度積極，窮追不捨，由於勞爾對命案興趣缺缺，至少對搜查這塊不感興趣，於是，貝舒從巴黎找來兩位也在休假的同事幫忙，按勞爾的說法，他們是將優秀偵探標準作業程序從頭到尾操作一遍。他們把莊園分成幾個區塊，每人負責幾區，先各自搜索，再共同偵察，三人踏遍每寸土地，任何小石頭及小草都不放過，結果依舊徒勞無功，他們並沒發現什麼山窟、地道或可疑的洞穴。

「連個老鼠洞也沒有吧？」勞爾開著玩笑，幸災樂禍地說，「你想過那些樹沒有，貝舒？搞不好藏了什麼猿人殺手喔！」

「難道，」貝舒生氣地反問，「你就全不當一回事？」

「幾乎……除了可愛的凱特琳，我會保護她。」

「我把你從巴黎找來，可不是來看凱特琳美麗的眸子，也不是光顧著去溪邊釣魚，你整天盯著浮標上上下下簡直浪費時間，你以爲這樣就能找到答案嗎？」

「沒錯，」勞爾冷笑，「答案就在釣線誘餌處。瞧，誘餌那兒有個小漩渦，然後再遠一點，看到那棵盤根錯節的大樹嗎？就在樹腳下……唉呀！你眞是瞎得厲害！」

戴歐多赫・貝舒臉上泛起光彩：

「你發現什麼了？壞蛋躲在水底嗎？」

「賓果！他在溪裡鋪了床，在溪裡吃飯喝水，順便在溪裡嘲笑你，戴歐多赫。」

貝舒無奈的向天舉了舉雙手，隨即離開，沒多久，勞爾就發現他在廚房邊張望，接著邊向夏洛特報告作戰計畫，邊跟在她後頭進了廚房。

過了一星期，凱特琳的狀況大爲好轉，能夠躺在長椅上與勞爾會面了。所以勞爾每天下午都來，他幽默熱情，總是逗得凱特琳開懷大笑。

「您看來挺好的，應該不怕了吧？」他很雀躍，只是高興之餘，仍帶著嚴肅的口吻，「您遇到的事很正常，像這類攻擊事件隨時隨地都有，再平常不過了。但基本上，只要我在，就不會讓事情重演，我知道敵人打什麼主意，或許還有共犯，總之一切包在我身上。」

不過，年輕女孩依舊抱著戒心，儘管勞爾妙語如珠，開朗樂觀，著實令她禁不住笑，令她心安，然而只要問到某些涉及案情的事件，女孩就默不作聲。突破心防不僅需要時間，還得有技巧及耐性，勞爾可說使出渾身解數，想博得凱特琳的信賴。有一天，勞爾覺得時機應該成熟了，便刻意嚷嚷著：

「您就說嘛！凱特琳，」「兩人的交情已經到了能直呼對方名諱的程度，「上次您去巴黎求助我時，不就打算開口了嗎？我還記得您當時說的每句話：『我身邊發生某些令人費解的怪事，而且恐怕還會再發生，我很害怕。』所以，假如您不說清楚，先前讓您害怕的怪事難保沒有第二次。」

凱特琳還在猶豫，勞爾拉起她的手，溫柔誠懇地望著年輕女孩，對方臉一紅，爲了掩飾難爲情，她脫口而出：

「我當然願意聽從您的建議，」她說，「只是小時候自己一個人慣了，有話總是藏心底，比較沉默寡言，絕非故弄玄虛。我一直都很快樂，但通常是自得其樂，尤其爺爺過世後，我變得更加封閉。我很愛姊姊，可是她結婚了，長年東奔西跑，她回來對我再好不過，我很高興能跟她一起回城堡長住。儘管我們感情不錯，但兩人相處起來，又缺乏那種自在幸福的親密感，說起來，是我不好。您知道我訂婚了，我全心愛著皮耶・巴斯姆，他也愛我至深，可是我們之間仍有道藩籬，歸咎起來還是因爲我的個性，我很被動，無法與人打成一片，反過來，假如有人對我過於熱情或主動，也很難突破我的心防。」

她停了一下，接著說：

「感情事或姊妹淘的悄悄話不想講無所謂，但萬一日常生活的事也不講，人家就開始覺得你很荒謬，尤其連出了怪事都默不作聲，更是莫名其妙。然而，從回到漲潮線區，就陸續發生怪事，我大受驚嚇，其實我應該告訴大家事實，結果我選擇傷害自己，大家覺得我愛胡思亂想，精神不太穩定，但實在是因爲我隱瞞的事，讓我恐懼萬分，因此才成天擔心受怕，有如驚弓之鳥，甚至更孤僻。我承受不了這樣的痛苦及懼怕，但也不想告訴家人，讓他們跟著擔心。」

凱特琳陷入一陣沉默，勞爾催她繼續。

「看來您仍無法下定決心說出來！」他問。

「不是的。」

「那麼您願意向我說出心裡的秘密囉？」

「是的。」

「爲什麼？」

「我不知道。」

凱特琳認眞地重複：

「我不知道。但我別無選擇，您要求我照您的意思做，我也覺得這樣最好。您可能會覺得我的故事有點孩子氣，擔憂有點多餘，但我相信您終究能理解我的想法。」

接著，她卸下防衛，侃侃而談：

「姊姊和我在今年四月二十五日回到漲潮線區，抵達時已經晚上了，屋子裡很冷，打從爺爺去世後就沒人來過，屋子等於空了超過十八個月。當晚大家隨便打理一下，將就著入睡。第二天早上起床，我打開窗戶，陪我長大的花園映入眼簾，我好開心、好興奮。儘管花園亂七八糟，雜草叢生，張牙舞爪的植物霸佔小徑，草坪也枯枝滿地，但還是我親愛的花園，伴我度過幸福時光的花園。過往美好的回憶頓時湧現，如此鮮明，歷歷在目，就發生在這片高牆圍繞，無人進出的空間裡，當然，不可能有人進來的。當下我只想找回記憶，重建我以爲消失無蹤的印象。

我換好衣服，穿上以前常穿的木鞋，欣喜若狂，我要與老樹朋友重逢了，還有最要好的小溪，還有爺爺心愛的石材及雕像，當然石材舊了，雕像也已損毀，矮樹林裡散落不少碎片。但這就是我的小天地，正在等著我，滿心歡喜迎接我回來，就像我也好高興能再看到他們一樣。有個地方在我記憶裡，一直是塊聖地，在巴黎時，我沒有一天不想起那個地方，因爲，那兒充滿我孤單童年的夢想，充滿我少女浪漫的情懷。我天生好動，喜歡到處跑，到處玩耍，可只要來到聖地，我會什麼都不做，靜靜地沉思，或沒來由地落淚；我會定神觀察螞蟻爬動，蒼蠅飛舞，而非走馬看花，我大口呼吸並非只爲了活命，而是因爲愛那兒的空氣。如果幸福就是無所事事，就是慵懶愜意，就是啥也不想，那麼能徜徉於三棵柳樹間的我真的很幸福，累了就爬上枝幹小憩，不然，躺在搖來晃去的吊床上也不錯。

我懷著朝聖的心情前往聖地，一股熱流在我體內緩緩漾開，內心開始感到寧靜，太陽穴也微微發燙。老橋給荊棘蕁麻包圍了，阻擋了去路，我徒手開出通道，橋被蟲蛀得厲害，小時候大人不准我上橋玩，我常冒著被罵的險在橋上跳舞。過橋後，我穿過小島，沿著小溪前進，接著爬上一條通往花園岩石群的小徑，從小徑往下就能看見溪水。目的地是一座小山丘，但打從我離開後，灌木叢生，不知把山丘藏哪兒去了。於是，我鑽進矮樹林，邊走邊撥開樹枝，然而，當最後一次推開眼前的障礙物，見著朝思暮想的王國時，我不禁立刻驚呼出聲：三棵柳樹竟然不見了！那兒沒有柳樹，我四下尋找，驚慌失措，眞的消失了，那種感覺就像與珍愛的朋友相約，對方卻失了約。後來，我在百來尺遠處，也就是岩石另一邊，小溪彎過去的地方，突然又發現那三棵失蹤的柳樹……一模一樣，我向您保證，就是原本那三棵，連排法都沒變，維持扇型排列，而且照樣面對城堡，以前我就常從城堡看望柳樹。」

凱特琳說到此，暫且打住，有點忐忑不安地看著勞爾。勞爾臉上並無笑容，其實，他非但沒有嘲笑的神情，反而認爲她的所見所聞非常重要，一點兒也不荒謬可笑。

「您確定從爺爺過世後，就沒人來過漲潮線區？」

「可能有人會翻牆進來，不過鑰匙我們都帶去巴黎了，回來的時候，也不見門鎖遭到破壞。」

「那麼，想必是您記錯了，三棵樹一直都在您後來找到的地點。」

凱特琳一聽跳腳，反應激烈：

「您不該這麼說！請您別再有類似的質疑，我沒記錯，我不可能記錯！」

她拉著勞爾到屋外，由她帶路，兩人一起沿著溪流往上走，這段河道筆直，與莊園左側屋角呈垂直方向，接著，他們走上一道緩坡，穿過青青草地，上頭的灌木枯枝早被年輕女孩清理乾淨了，最後抵達小山丘，山丘上沒有任何樹木遭拔除或挪動的痕跡。

「您大可自己瞧瞧，下方就是園林，我之前就站在這兒，離平地大約十二至十五公尺高，對吧？從這位置看下去一目了然，城堡或教堂鐘樓都看得很清楚。您再跟我去另一邊看看。」

這回，小徑變得陡峭，上方岩石遍布，杉木扎根石底，岩縫間堆滿了細小的針葉。小溪在此猛地轉向，灌入一處狹小的河道，對面矗立一座墳塚狀的建築，爬滿了常春藤，當地人稱做羅馬丘。

然後兩人再爬上河岸，來到狹道的上游，凱特琳向勞爾指出三棵柳樹的位置，柳樹排成扇型，左右兩棵分別與中間那棵保持相同的距離。

「三棵樹，就在那兒。您說我能搞錯嗎？這裡比較低，視野極差，抬頭不是撞見岩石，就是讓羅馬丘擋住視線，連想看清楚小山丘都很難。我記得沒錯，柳樹本該出現在小山丘，況且，岩石群我再熟悉不過了，我來游泳時，明明就沒有柳樹。這樣的話，您覺得柳樹會在小山坡還是岩石群呢？」

「請問，」勞爾沒回答，他反問，「您爲何這麼在意？柳樹的位置似乎讓您心神不寧？」

「才沒有！」凱特琳強烈否認。

「一定有，我感覺得到。您求證過了？問過其他人了嗎？」

「有，我不想讓人看出內心的不安，所以裝作若無其事，先去問姊姊，但她忘記了，畢竟她離開漲潮線區的時間比我還久。可是……」

「可是？」

「她覺得柳樹應該就在目前的位置。」

「您問過阿諾德嗎？」

「阿諾德的答案又不一樣了，他覺得目前的位置不太對，但也無法確定正確位置。」

「您沒再問問其他可能知情的人嗎？」

「有的，」她遲疑了一下說，「還問過一位老太太，我小時候她曾來做過花園的工作。」

「佛薛大嬸？」勞爾問。

凱特琳頓時激動大喊：

「您認識她？」

「我見過她，現在我終於明白她口中『三棵榴樹』的意思，原來是口音的關係。」

「沒錯！」凱特琳越來越激動，「就是指三棵柳樹，可憐的老太太，原本精神狀況就不穩定，怕是因這三棵柳樹才讓她徹底發瘋的。」

chapter 6

佛薛大嬸

勞爾見凱特琳情緒如此激動，決定先帶她回城堡，這是年輕女孩病癒後第一次出門，不該過度透支體力。

他知道自己的話凱特琳聽得進去，因此接下來兩天，除了盡力安撫女孩的心情，對離奇事件也刻意輕描淡寫。在勞爾面前，女孩逐漸恢復平靜，她覺得輕鬆自在，勞爾的好意及體貼，完全收服女孩的心，對他言聽計從，於是，他央求女孩把故事說完，凱特琳開口敘述，用字謹慎：

「當然，我並非一開始就覺得事態嚴重，但還是忍不住去想柳樹遭移植的事，因爲我不相信自己會記錯，而姊姊和阿諾德也無法斷定我不對。可是，樹要怎麼移動？又爲何要移動？這些疑問尚未釐清，隔沒幾天，又發生一件事，那眞是難熬的一天。那天，爲了滿足好奇心，也爲了重拾美好回憶，我在城堡裡四處尋寶，我爬上主屋閣樓，從前爺爺在那兒弄了間小實驗桌、煤油爐、蒸餾瓶等一應俱全。我在閣樓角落，發現一個專門放畫紙或設計圖的厚紙板夾，裡面亂七八糟夾了幾張紙，其中一份就是花園的平面圖。

「我馬上就想起來，自己曾爲這張地圖出過力，大約四、五年前，我跟爺爺到處測量、標高，我很驕傲能參與這項任務，不論是拉著測量鍊的一端幫忙丈量，或協助放置三角觀測鏡及其他用得到的儀器，而這張地圖就是我們共同努力的成果。我看到爺爺繪圖，親手標記每個地點，這條藍線就是我最愛去的小溪，紅點則是鴿樓的位置，您來看看。」

凱特琳攤開地圖，用四枚大頭針固定在桌上，勞爾靠過去。

地圖上一條細長如蛇的藍色小溪，流經城堡門口的平地時，先潛入地下溝渠，接著重回河道，河道離城堡的牆角非常近，在小島附近，河道稍微變寬，然後，在岩石群及羅馬丘中間，突然來個大轉彎。地圖上還繪製了草坪，並大概畫上城堡及狩獵小屋的形狀、高牆圍繞的範圍，紅點表示鴿樓，一些十字記號代表樹木的位置，且另外寫上樹名，像酒桶橡樹、紅山毛櫸、國王榆樹等。

凱特琳的手指停在園林盡頭左邊，靠近藍色細線的地方，那裡有三個十字記號，一旁仍以墨水註記樹名，筆跡無異，寫著「三棵柳樹」。

「三棵柳樹，」她口氣陰鬱，「對，就在岩石群和羅馬丘後面，也就是我們今天去的地點……」

說到此處，凱特琳精神又開始緊繃，她有氣無力，斷斷續續地說：

「這麼說來，眞是我瘋了？從我認得這些樹，他們就在小山丘上，甚至兩年前，我還在同個位置看過柳樹，但爺爺和我是五年多前就畫好地圖，所以柳樹根本不在那兒？難道我腦袋眞的錯亂了嗎？我無法接受這項事實，我還是認爲柳樹因莫名的原因遭人移動，但是，地圖的位置又確實與我所見不同，與我的記憶有出入，讓我有時不得不質疑自己，壓力大到身心俱疲。我覺得自己彷彿活在幻覺裡，過去相信的全是錯誤與虛假，簡直是場夢魘。」

勞爾聽年輕女孩說完，對事情更感興趣了，凱特琳正在黑暗中搏鬥，他也是，儘管案情已露出幾絲微光，讓他更確信能破案，但腦子裡仍充斥著困惑與不解。

他問凱特琳：

「這些您都沒跟令姐提過？」

「沒有，我沒對任何人說過。」

「那貝舒呢？」

「更沒有。我一直不懂他爲何來哈迪卡提爾，我只是聽他講過您們兩位曾共同破獲不少案子。況且，當時我陰陽怪氣，焦慮不安，大家見我脾氣變那麼古怪，整天神經兮兮，都覺得很驚訝。」

「您不是訂婚了？」

凱特琳臉一紅。

「是的，我訂婚了，訂婚也是我苦惱的事情之一，因爲巴斯姆女伯爵不同意我跟她兒子結婚。」

「您很愛她兒子嗎？」

「我覺得愛。」凱特琳低聲說，「但我也沒向他吐露心事，我無法相信任何人，只能靠自己努力驅散令人透不過氣的凝重氛圍。因此，我想到去問問那位老農婦，她以前曾來打掃過花園，我知道她住在園林上方的莫里幽小樹林。」

「小樹林您也常去，對吧？」

女孩臉又紅了。

「是的，因爲皮耶・巴斯姆不能隨意來漲潮線區，我們就約在莫里幽樹林見面。某日在樹林裡，等皮耶離開後，我來到佛薛大嬸的小屋，那時她的樵夫兒子還活著，每天去唐卡維爾的樹林工作，她也沒瘋，頂多是糊塗了點。不過，我還沒開口詢問，也沒報上名字，她倒是一眼就認出我，嘴裡唸唸有詞：『凱特琳小姐……城堡的消（小）姐……』接著沉默了好一會兒，認眞思索半天後，本來坐在椅子上剝揀豆子的她，站起來挨著我小聲說：『三棵榴樹……您得當心三棵榴樹……漂亮小姐……』

「我很錯愕，她一下子就提起柳樹的事，又剛好是我疑惑的部分，她平常糊里糊塗，說起這事竟清醒得很，還強調『當心』，這話代表什麼意思？她是否覺得若不留神，我會因三棵柳樹而涉險呢？我又問了許多問題，她很努力想答覆，但話說出口，只剩不完整的斷句，我最多只聽懂她兒子的名字。『多明尼克……多明尼克……』

「我立刻接著說：『我認得多明尼克……是您兒子……所以他知道三棵樹的事？我應該和他見個面嗎？您是要說這個嗎？那我明天來找他，明天傍晚等他工作回來，我再過來。您得先跟他說一聲，好嗎？告訴他明天等我過來，明晚七點，和今天這時間一樣。明天喔！』

「我講了好幾次『明天』，她看來聽懂我的意思，於是我抱著一線希望離開。走的時候天幾乎黑了，有件事最好也讓您知道，當時我好像在暗處瞥見一個人影，閃身躲入小屋後面，那時沒上前確認實在大錯特錯，但您還記得那段期間，我精神狀況不太好，一點兒小事就怕得要死，有如驚弓之鳥。我承認因爲害怕，很快跑下小徑離開。

「隔天我比約定的時間早到，因爲我希望能在天黑前早點走。多明尼克還沒從樹林回來，我待在佛薛大嬸身邊等了好久，她不發一語，好像很擔心。

「突然，一位村民跑進屋裡，他說後面有兩個人正帶多明尼克過來，他們發現多明尼克被壓在自己砍倒的橡樹下，身受重傷，連忙將他搬回家。我聽這人欲言又止，就知道大事不好了。果不其然，搬來擺在佛薛家前的，是一具冰涼的屍體。可憐的婦人立刻就瘋了。」

凱特琳越講越慌亂，彷彿悲劇重顯眼前。勞爾覺得此時再怎麼安慰也沒用，不如催她快點講完。

「對，沒錯，」她說，「就讓我講完吧！您應該知道我爲何對死因起疑，就在多明尼克・佛薛即將向我透露謎底的時候，他竟然死了，能叫我不懷疑他是遭人殺害的嗎？而且，正是因爲不想讓他告訴我眞相才下手的。雖然我沒有確切證據能證明是謀殺，不過，我親眼看到利里博恩市的醫生，也就是宣布多明尼克死於大樹重壓意外的大夫，在驗屍時，對幾處不太尋常的傷痕大感詫異，比如在多明尼克頭部發現的傷口，但他沒特別注意，就直接在筆錄上簽名。後來我重回事發現場，竟在不遠處找到一根木棍。」

「會是誰幹的？」勞爾插話，「鐵定是躲在佛薛大嬸家後面，嚇到您的那傢伙，他偷聽到隔天您即將得知三棵柳樹的秘密。」

「我是這麼猜測的，」凱特琳說，「而且，儘管死者可憐的母親沒說出口，想必潛意識裡也是這麼想。因爲，此後每當我爬上小徑，到樹林與未婚夫碰面的途中，總會遇到佛薛大嬸，她沒主動找我，但我們就是一次又一次的偶遇，她會停個幾秒鐘，在不靈光的記憶裡費力翻找，然後搖頭晃腦，喊口號般地說：『三棵榴樹……千萬當心……漂亮小姐……三棵榴樹。』

「從那時起，我就活在無止盡的苦惱中，有時以爲自己瘋了，有時相信自己或住在漲潮線區的人將遭遇可怕的威脅。我依舊絕口不提，但大家怎可能對我的恐懼及所謂的古怪念頭視而不見？可憐的姊姊越來越擔心我，她不懂我怎麼會變這樣，要我離開哈迪卡提爾看看，甚至行李都收了好幾次，隨時準備出發。但我不想走，我都訂婚了，雖然我的個性確實有點改變我與皮耶・巴斯姆的關係，但我還是很愛他。然而，我承認自己需要幫手，需要能告訴我怎麼做的人，單打獨鬥太累了。但人選呢？皮耶・巴斯姆？貝舒？姊姊？跟您說，因爲某些幼稚的原因，我無法全心信賴這些人，於是，我想到您。我知道貝舒有您公寓的鑰匙，就放在掛鐘底下，某日趁他不在，我便偷偷拿走了。」

「很好，」勞爾大聲說，「您的確該來找我，甚至寫封信來也可以。」

「不過，因爲葛森先生來，就暫時擱置拜訪您的計畫。我跟姊夫一向相處融洽，他親切熱心，對我很好，我原本還打算告訴他實情。但很不幸，後來發生的事您也知道。姊夫抵達後隔兩天，我收到皮耶・巴斯姆的信，信上寫了他母親殘酷的決定及他得遠行的事，爲了再見他一面，我離開花園，來到平常兩人約會的地方等待，但他沒來。我就是那天晚上闖進您公寓的。」

「不過，」勞爾說，「一定發生什麼特殊事件，才讓您決定立刻來找我的吧？」

「是的，」她回答，「我在樹林等皮耶時，又遇見佛薛大嬸，她看起來比平常激動，猛朝我這邊叫喊，音量很大，內容也很清楚。她抓住我的手使勁兒搖著，用我從沒見過的兇惡態度跟我說話，好像想爲兒子的死向我討公道。『三棵榴樹，漂亮小姐……輪到您啦……那位先生……要殺您……當心……他會殺您……會殺您……』她冷笑著走開，我完全崩潰了，我在農莊裡漫無目的亂晃，大約傍晚五點鐘，來到利里博恩市，剛好有輛火車要開，我便跳上車廂。」

「所以，」勞爾問道，「當您搭上火車時，並不知道葛森先生已經遭人殺害？」

「我直到當晚在您府上聽到貝舒來電，才知道噩耗，您應該記得我有多震驚。」

勞爾思索了一會兒才說：

「最後一個問題，凱特琳。您想，半夜侵入臥房攻擊您的嫌犯，和躲在佛薛大嬸家後面的傢伙，是否爲同一人？您完全認不出來嗎？」

「沒辦法。我正在睡覺，窗戶原本就開著，我沒聽到任何警告，等我覺得被掐住喉嚨時，只顧著掙扎呼救，那人動作很快，一下子就逃走了，黑暗中連個影子也沒看見。但不可能有別人吧？據佛薛大嬸的預言，殺害多明尼克・佛薛及葛森先生的是同一個兇手，而這名歹徒也打算把我殺了，不是嗎？」

凱特琳的聲音變了調，勞爾溫柔地望著她。

「爲什麼我覺得您不管遇到多離奇的怪事，都能保持微笑？」女孩問。

「爲了贏得您的信任啊！您看，您變得平靜許多，表情也沒那麼緊張了，我只需保持微笑，您看來就比較不受事件影響，至少不會如此害怕。」

「我還是很怕。」凱特琳堅定地說。

「沒您想像的那麼怕。」

「兩起兇殺案了……」

「您真的確信多明尼克・佛辞是遭到謀殺？」

「有木棍不是嗎？頭部也有傷口……」

「所以呢？這麼說可能會增加您的恐懼，但我不得不提，有人對佛辞大嬸故技重施，我到城堡的第二天，就在一堆樹葉底下發現她，頭部同樣遭木棍擊傷，但我還無法確定是犯罪事件。」

「那我姐夫怎麼說？」凱特琳嚷著，「您實在無法否認……」

「我不否定也不肯定任何事，但我會抱著存疑的態度。無論如何，凱特琳，您應該感到高興，因爲我知道您是對的，您沒有記錯，三棵柳樹應該是要在數年前，您扯著枝幹盪鞦韆的地方。所有疑點都圍繞這三棵遭移動的柳樹打轉，一旦解決這個問題，其他的自然就明朗了。現在，可愛的凱特琳……」

「現在怎樣？」

「笑一個吧！」

她笑了。

眞是迷人！勞爾情不自禁地說：

「我的天，您太美了！令人讚嘆！親愛的朋友，您一定不相信我多高興能爲您效勞，您只需看我一眼，就是最好的回報……」

剩下的話他沒說完，因爲他覺得太放肆無禮，怕冒犯了這位小姑娘。

*　　　　*　　　　*

法院那邊進行的調查毫無進展，經過連日的搜查及詰問，預審法官不再親自上陣，轉而無條件相信警衛隊及貝舒的搜索。三星期後，貝舒送回兩名同事，難掩沮喪的跑去找勞爾出氣。

「找你來有啥用？你都幹什麼去了？」

「抽菸啊！」勞爾答道。

「那你來這兒幹麼？」

「跟你忙一樣的事。」

「你怎麼忙？」

「這點可就跟你不同了，你啊！淨找麻煩路走，分什麼大區小區，攬一堆蠢事來做，我就輕鬆愉快多了，先動動腦筋，釐清來龍去脈、前因後果，甚至能靠直覺判斷。」

「你動腦的時候，獵物早跑了。」

「我動腦的時候，一直循問題的核心前進，現在已經找到出路了，貝舒。」

「什麼？」

「你記得艾德嘉・坡①寫的短篇故事〈金甲蟲〉嗎？」

「記得。」

「故事裡的主人翁爬到樹上，找到一顆骷髏頭，他在甲蟲身上綁了繩子，讓甲蟲穿過這顆頭的右眼，垂降至地。」

「結果沒找到寶藏，我知道這故事。你提這幹什麼？」

「陪我去三棵柳樹那兒吧！」

他們到了以後，勞爾爬上中間那棵樹，在樹幹上找個位置坐了下來。

「戴歐多赫？」

「怎樣？」

「你瞧，溪水上方有條溝渠，從那邊能看見岩石群另一面的坡地上，有座小山丘，距離大概百步之遙。」

「我看到了。」

「快過去。」

勞爾一聲令下，語氣強勢，貝舒只得聽命行事，他翻越岩石群，再往下走到山丘，從山丘又能看到勞爾了。勞爾正趴在樹幹上東張西望。

「你站好，」他大吼，「站得越直越好。」

貝舒挺直腰桿兒，動也不動，活像一尊雕像。

「舉起手來，」勞爾命令道，「手舉高，伸出食指，指向天空，好像指星星那樣。很好，別動。嗯，這個實驗很有用，完全證實我的假設。」

他跳下樹，點了根菸，不急不徐地往貝舒那兒走去，一副來散步的模樣，貝舒依舊保持同樣的姿勢，指著看不見的星星。

「你在做什麼？」勞爾滿臉驚訝，「擺這什麼姿勢！」

「又怎麼了？」貝舒咕噥著，「我是照你的意思辦的呀！」

「我的意思？」

「沒錯，驗證金甲蟲……」

「你瘋了不成。」

勞爾走近貝舒，貼著他耳邊說：

「她在看你喔！」

「誰？」

「廚娘，你看，她正在自己的房間。天啊！她一定覺得你好帥，如此身材與線條，簡直媲美觀景殿的阿波羅②！」

貝舒臉色鐵青，氣得七竅生煙，勞爾哈哈大笑，飛也似地逃開，躲到稍遠處才回頭開心向貝舒說：

「別擔心……一切都很完美……金甲蟲的實驗也很成功……我知道這案件的玄機了……」

勞爾藉助貝舒完成的實驗真能讓他找出案件正確的關鍵嗎？又或者他希望利用其他方法找出眞相？總之，接下來幾天，勞爾經常與凱特琳一起去佛薛大嬸家，在連番溫情與耐心攻勢下，終於讓大嬸願意配合，可憐的老太太總算不再擔心受怕。勞爾帶來的糖果餅乾和零錢，她會出其不意伸手去拿，勞爾則反覆問她同樣的問題。

「三棵柳樹，對，有人移動過嗎？誰移動的？您兒子知道這事對吧？會不會就是他做的？回答我吧！」

老太太的眼神偶爾會發亮，腦海似乎閃過一絲微光，她有話要說，想把知道的說出來。只需幾個字，所有秘密即能明朗，他們覺得一有機會，這幾個字就會在老太太腦中成形，接著脫口而出，但勞爾和凱特琳心底竟爲此感到憂慮。

「她明天會說的，」阿維納很篤定，「再給她一天的時間，相信我，明天會說的。」

第二天，當他們來到小屋前，發現老太太躺在地上，旁邊有一把人字梯，她大概是想修剪灌木，想不到其中一支梯腳鬆脫，可憐的婦人於是失足摔落而亡。

譯註：

①艾德嘉・坡：艾德嘉・坡（Edgar Poe）即十九世紀美國作家艾德嘉・愛倫・坡（Edgar Allan Poe），為短篇小說〈金甲蟲〉（Le Scarabée d'or，原文The Golden Bug）之作者，該作品首開以解譯編碼為主題的冒險小說先河。

②觀景殿的阿波羅：西元前四世紀雕塑家雷歐夏赫（Léocharès）之雕塑作品，現留存於梵諦岡。

chapter 7

公證事務所的員工

佛薛大嬸的死並未引起村民或檢調單位任何懷疑，大家都覺得老婦與兒子一樣死於意外，大嬸雖然瘋癲，還是能幹些農活兒，大概在做事時不慎，才釀成遺憾。大家都很同情這對母子，但給他們下葬後，也就不再關心此事了。

然而，勞爾・阿維納卻發覺用來撐開兩支梯腳的鐵桿，上頭的螺絲遭人拆除，而且其中一邊梯腳比較短，底部有鋸過的痕跡，是最近留下的，這麼一來，自然難免發生意外。

凱特琳知道自己確實沒想錯，她重新陷入焦慮。

「您看到了，」她說，「敵人窮追猛打，又來一次謀殺案。」

「現在還無法肯定，因為構成謀殺的理由之一，是要有殺人動機。」

「動機夠明顯了吧！」

「還無法斷定。」勞爾依舊這麼說。

這次勞爾沒多花力氣安撫年輕女孩，他感受到面臨龐大威脅的凱特琳，內心有多憂慮慌亂，甚至擔心這威脅會沒來由地傷害住在城堡裡的每一個人。

之後，又接連發生兩起無從解釋的意外，首先是阿諾德過橋時，木橋突然斷裂，害男僕跌落溪水，所幸僅感染鼻炎並無大礙。隔天，當夏洛特正從囤放木材的舊倉庫出來時，倉庫猛然倒塌，她沒讓瓦礫活埋只能說是奇蹟。

凱特琳・蒙特席爾因這逼人的危機昏倒兩次，最後，她決定把自己知道的一切告訴姊姊及貝舒。三人在餐廳談話，餐廳的門沒關，又正好面對廚房，所以阿諾德先生及夏洛特也聽得到。

她一五一十地述說，包括確信三棵柳樹被移植他處、佛薛大嬸的預言、佛薛母子的喪命，以及許多不容置疑的證據，足以令人萬分確定兩起命案都是蓄意謀殺。

雖然她沒提去巴黎與勞爾見面的事，但也不顧勞爾平常交代的，直接了當將兩人一起查訪、討論的事和盤托出，連他鎖定佛薛母子，私下進行追查的經過也沒遺漏。話語在淚眼婆娑中結束，凱特琳因違背約定對勞爾很是過意不去，就這樣臥病在床，發了兩天燒。

蓓德虹・葛森自己也被妹妹的恐懼感染，一心認爲會遭受危險及攻擊，阿諾德先生和夏洛特同樣無法寬心，他們都覺得敵人正在牆堵間竄行、在園區內晃蕩，能從沒人知曉的出口進出，來去自如，而且神出鬼沒，隨機挑時辰發動攻擊，無法預料及捉摸，歹徒陰險且膽大包天，秘密進行著只有他才知道目的的勾當。

貝舒倒是欣喜若狂，勞爾的不順似乎連帶洗刷掉自己的挫敗，他忙不迭跑去纏著勞爾不放：

「老朋友，咱們都陷入泥沼啦！」貝舒露出幸災樂禍的冷笑，「你跟我一樣，可能比我還糟喔！你看看，勞爾，通常人遇到暴風雨，不會選擇埋頭對抗，而是走爲上策，等危機過了再回來。」

「所以那兩姊妹要走了？」

「假如我能作主，當然是要她們走，不過……」

「不過凱特琳猶豫了？」

「正是。就因爲你先前灌輸她某些想法，她才遲疑不決。」

「祝你能讓她下定決心。」

「我也希望，但願不會太遲！」

然而話剛說完，當晚又出事了。這天晚上，蓓德虹及凱特琳在一樓小客廳裡做女工，小客廳被當成起居室，姊妹倆很愛待在那兒。勞爾和貝舒則待在起居室隔壁第二個房間，勞爾看著書，貝舒在舊撞球桌那兒隨便打了幾桿，兩人都沒說話。十點一到，大夥兒一如往常，準備各自上樓回房，村裡教堂的鐘聲敲了十下，城堡裡的掛鐘也接著響起。

當鐘擺敲響第二聲時，突然傳來巨響，還伴隨門窗玻璃的碎裂聲及兩聲尖叫。

「從她們那兒傳來的！」貝舒大叫，衝往起居室。

勞爾只想趕快攔住開槍者的去路，他跑到窗戶邊想開窗，兩扇百葉窗一到晚上就鎖起來了，他轉開窗鎖一推，發現有人從外面把窗戶堵住，不管如何用力推動，就是無法打開。他立刻轉移陣地，從隔壁房間的窗戶跳出，但已浪費太多時間，花園裡早不見嫌犯蹤跡。勞爾一眼就發現撞球房的窗戶外面，卡了兩副大門閂，顯然是昨晚才放的，有了門閂，再大的力氣也開不了窗，歹徒便能輕易逃脫。

既然逮不到人，勞爾返回起居室，凱特琳、貝舒和兩名僕人圍著蓓德虹・葛森關切，這回攻擊的對象換成姊姊。擊碎玻璃的不明物先是飛過她耳邊，然後撞上對面的牆壁，幸好沒打中蓓德虹。

貝舒撿起那東西，小心檢視後證實：

「是子彈，只要再往右偏十公分，就會打穿夫人的太陽穴。」

他又嚴肅地問：

「你怎麼說，勞爾・阿維納？」

「我想，戴歐多赫・貝舒，」勞爾沒精打彩地回答，「蒙特席爾小姐不該猶豫，最好馬上離開。」

「我決定離開了。」凱特琳也同意。

這個恐慌的夜晚只有勞爾睡得安穩，其他人莫不豎起耳朵，繃緊神經，一點風吹草動就害怕顫抖，徹夜難眠。

第二天，僕人收拾行李先離開，他們搭馬車前往利里博恩市，再搭火車到勒阿弗爾。貝舒則回到自己的小屋，好更清楚監視漲潮線區的動靜。

早上九點，勞爾開車載兩姊妹到勒阿弗爾，安排她們住在某間民宿，老闆勞爾也認識。等勞爾準備回去時，心情已然平復的凱特琳向他道歉。

「道什麼歉？」

「我沒有完全相信您。」

「這很正常，目前看來，我的調查確實沒結果。」

「接下來該怎麼辦？」

「您好好休養吧！」勞爾回答，「您得快點恢復氣力，兩個禮拜後，我再來接兩位。」

「上哪兒去呢？」

「回漲潮線。」

她打了個冷顫，勞爾於是說：

「回去以後，您想待四小時或四個禮拜都行，由您選擇。」

「您要我待多久，我就待多久。」凱特琳回答，她握住勞爾的手，男士則在她手上留下深情的吻。

* * *

十點半，勞爾抵達利里博恩市，打聽了該區兩間公證事務所的地址。十一點的時候，他來到貝納所長的事務所，很快便見到所長，對方生得粗壯圓胖，態度親切熱情，雙眼炯炯有神。

「貝納所長，」勞爾開口，「我是受葛森太太及蒙特席爾小姐所託前來拜訪。您已經知道葛森先生的命案，也知道檢方偵辦遇到瓶頸，由於貝舒警長的關係，我同樣參與辦案，因爲您是蒙特席爾小姐祖父的公證人，她拜託我來找您，盼能釐清某些膠著的疑點，這封委託信請您過目。」

那封信就是他和凱特琳從巴黎返抵哈迪卡提爾的早上，讓凱特琳簽下的授權書，內容如下：

> 本人全權委託勞爾・阿維納先生調查眞相，且得以在符合本人權益的前提下，做出適當決定。

勞爾只多塡上日期。

「有什麼我能效勞的，先生？」看完委託信，公證人問道。

「貝納所長，其實發生了一連串怪事，但多提無益，我覺得歹徒恐怕是爲了最普遍的原因犯案，也就是與蒙特席爾先生的遺產有關，因此才冒昧前來請教幾個問題。」

「您請說。」

「當年漲潮線區的買賣契約是由貴事務所經辦的吧？」

「沒錯，前任所長辦理的，是在蒙特席爾先生父親那代，至少半個世紀以前的事了。」

「您知道契約內容嗎？」

「我曾仔細研讀過幾次，主要是應蒙特席爾先生的要求，或其他不重要的原因，不過，契約並沒什麼特別之處。」

「您是蒙特席爾先生的公證人？」

「是的，他跟我有些交情，有事總會來問我。」

「兩位曾談論有關遺囑的事嗎？」

「有的，現在提這事兒應該不算洩漏客戶隱私，畢竟我已經將討論過的遺囑內容告知葛森夫婦及凱特琳小姐了。」

「蒙特席爾先生提到的遺囑中，是否對哪位孫女特別厚愛？」

「沒有，雖然他從不掩飾偏愛凱特琳，畢竟凱特琳與他相依為命，他也想由小孫女繼承她最愛的城堡莊園，不過，他顯然找到什麼方法，重新均分遺產，對兩姊妹都公平。儘管如此，不過蒙特席爾先生最後並沒留下遺囑。」

「這我知道，坦白說，我聽到時還滿驚訝的。」勞爾說。

「我也是，蒙特席爾先生葬禮那天早上，我遇見葛森先生，他同感訝異，原本他要來找我談遺囑的事，結果，竟在約好的前一天遭人殺害，他還寫信告知了即將來訪，可憐的先生。」

「您想蒙特席爾先生怎會忘了留下遺囑？」

「我認爲他大概沒特別留意寫遺囑這事，加上死得突然，來不及寫。他是個相當怪的人，終日埋首實驗室的工作，醉心於化學實驗。」

「或者說煉金術？」勞爾換個說法。

「沒錯，」貝納所長笑著說，「他甚至聲稱自己發現一個天大的秘密。有一天我感覺他特別激動，他拿了一只裝滿金色粉末的信封給我看，聲音因興奮而顫抖，他說：『瞧，親愛的朋友，這就是我努力的成果，很神奇對吧？』」

「那眞是金子？」勞爾問。

「千眞萬確。他給我一小撮金粉，我好奇拿去檢驗，沒問題，百分之百是金子。」

這答案勞爾似乎不意外。

「我一直認爲，」勞爾說，「此案應該就是圍繞著類似發現煉金秘訣這種事打轉。」

他接著問，邊從椅子上站起來：

「最後一個問題，貝納所長，您的事務所從沒發生過洩密情事，也就是所謂文件外流這種事吧？」

「從來沒有。」

「但凡有人找您談自家遺產之類的事，您同事應有許多機會聽聞片段，他們能看到檔案，甚至複印契約。」

「我的同僚都是誠實正直之人，」貝納所長說，「他們對發生在事務所的一切，早養成守口如瓶的習慣，本身也不愛說長道短。」

「不過他們薪水滿少的吧？」

「他們的欲望也不大，不過……」貝納所長突然露出笑容，「好運偶爾也會光顧他們。話說我一個員工，年紀大了還不肯退休，節儉到近乎吝嗇，他存下每一分錢，存夠後想去買塊地及房子，好安享退休生活。結果，某天早上他來找我，說他抽中兩萬法郎的獎券，所以打算離職。」

「天啊！多久前發生的？」

「幾個禮拜前……五月八日……我記得日期是因爲葛森先生就是當天下午遇害的。」

「兩萬法郎！」勞爾刻意略提日期的巧合，「對他眞是一筆大錢！」

「他正在揮霍這筆錢，肯定是這樣！他好像待在盧昂一間小飯店，過著吃喝玩樂的生活。」

勞爾對這種行爲表示不齒與批評，接著問了那人姓名，便向貝納所長告辭離去。

晚上九點，在盧昂快速查訪後，勞爾終於在夏赫德街一間出租套房的旅館裡，找到公證事務所的員工法摩侯先生，他身材瘦高，臉色黯淡，穿著黑色呢絨禮服，頭戴高禮帽。午夜時分，勞爾先邀他上小酒館喝酒，最後，醉醺醺的法摩侯先生去公共舞廳，對著一位虎背熊腰、聒噪饒舌的女孩，瘋狂大跳康康舞①。

隔天，又開始尋歡作樂，接下來幾天全無例外。有人見他出手大方，便纏著他大獻殷勤，法摩侯先生就花錢請客，珍饈佳餚、香檳美酒，全算他帳上。不過，他最喜歡勞爾，有一次喝到天亮準備回家時，他滿口胡言亂語，路都走不穩，他抓住勞爾的手臂，將心裡的話一股腦兒吐出：

「好運？我跟你說，勞爾兒，天上掉下來的兩萬法郎……但我發誓絕不留一個子兒。我賺得錢已足夠生活，不用再辛苦工作，而這回的錢不是我應得的，不該留著。不，這錢不乾淨，最好就大吃大喝，跟幾個懂得享受人生的傢伙把錢花光……像你就是，老朋友勞爾，就像你。」

不過，他對勞爾的信任僅止於此，假如勞爾想多問幾句，他便閉口不談，開始哽咽哭泣。

然而兩個禮拜後，跟這位如喪考妣的傀儡玩得盡興的勞爾，利用一次對方擺酒席招待自己的機會，成功套出話來。法摩侯先生在自己房裡，整個人頹喪委靡，跪倒在高禮帽前，彷彿告解般，邊哭邊吞吞吐吐地說：

「無恥之徒……對，我不過是個無恥之徒，抽中獎券？笑話！根本是某天晚上，在利里博恩，某個我認識的傢伙上前找我攀談，他給我一封信，要我塞進蒙特席爾家族的卷宗裡，我不願意，我說：『不，這不行，我辦不到，你把我這輩子徹頭徹尾檢視一遍，絕對找不出我有幹這種事的才情。』然後……然後……我也不知事情怎麼搞的……他給我一萬法郎……一萬五……兩萬……我昏了頭……第二天就悄悄將信件放入蒙特席爾家族的卷宗。但我發誓不讓這些錢弄髒自己，才大吃大喝……我可沒辦法帶這種錢住進新房子……啊！不，不，誰要這些爛錢……先生，您聽到了，我壓根兒不想要。」

勞爾試著問出更多，但對方又哭起來，最後在絕望的嗚咽聲中沉沉睡去。

「沒輒啦！」勞爾自言自語，「但又何必再問？這些線索夠我大展身手、積極行動了。這仁兄還有五千法郎可用，兩個星期內應該都不會回利里博恩。」

三天後，勞爾來到勒阿弗爾的民宿門前。凱特琳立刻告訴他，早上和姊姊接到貝納先生的來信，要她們明天下午回到漲潮線城堡莊園，「有重要事情與各位討論。」公證人這麼寫著。

「是我請他發通知的，」勞爾說，「所以我才遵守諾言來找兩位，您應該不怕回去了吧？」

「不怕。」她肯定地說。

的確，凱特琳表情平靜，面帶微笑，早已重拾對勞爾的信賴，而且是全心信任。

「您掌握了什麼新訊息嗎？」她問。

勞爾回應：

「我不確定能找到什麼，但顯然已經進入較明朗的階段，所以您大可決定是否延長待在漲潮線城堡的時間，順便告知阿諾德和夏洛特。」

兩姊妹及勞爾在約定時間抵達城堡。貝舒見她們回來，忍不住雙手盤胸，氣沖沖地說：

「這不對吧！」他嚷嚷著，「出了這麼多事，還回來幹什麼！」

「公證人約大家見面，」勞爾說，「召開家庭會議，所以我找你來，你不也是這家的一份子？」

「萬一歹徒又發動攻擊，造成不幸怎麼辦？」

「用不著擔心。」

「爲什麼？」

「我已經跟漲潮線城堡的鬼魂說好，祂會事先警告我們的。」

「怎麼警告？」

「先開槍攻擊你囉！」

勞爾搭著警長的肩，走到旁邊說話：

「貝舒，好好豎起耳朵吧！不妨努力揣摩、欣賞我高明的辦案方式，這場會可能會開滿久的，或許長達一小時，但我相信會得到寶貴的結論……我有預感。別忘了豎起耳朵，貝舒。」

譯註：

①康康舞：十九世紀末期興起於巴黎的舞蹈，跳的人隨著曲調將裙角掀起，把腳高高踢出。

chapter 8

遺囑現蹤

貝納所長走進客廳，從前拜訪客戶蒙特席爾先生時，他們習慣在此會面。他先向蓓德虹及凱特琳致意，並請她們就坐，然後握住勞爾的手。

「謝謝您寫信告訴我兩位女士的地址，不過，您能告訴我究竟怎麼回事嗎？」

勞爾打了個岔。

「所長，我相信由您說明更恰當，萬一在我們見面後，事情又有新的進展，更加需要您來說明。」

勞爾望著公證人，眼裡帶著詢問，貝納所長回答：

「所以您知道後來有發生別的事？」

「親愛的所長，我有充分理由推定那天在事務所請教您的問題，已經得到解答。」

「那絕對是您的功勞，」公證人說，「我想大概有什麼妖術作祟吧！蒙特席爾先生一直留有遺囑，內容就是他常掛在嘴邊的事，只不過，找到遺囑的過程實在令人瞠目結舌。」

「所以我猜得沒錯，遺囑內容與一連串的意外相關，而意外事件又和導致葛森先生遇害的神秘犯罪行爲脫不了關係？」

「這我不曉得，我只知道幸好您有受蒙特席爾小姐之託來見我。數日前我收到您的來信，內容讓我很困惑，雖然覺得您的假設不可能，我仍進行求證。」

「那並非假設。」勞爾說。

「當時對我來說是，而且完全不相信。您信上寫著：『貝納所長，您的事務所裡有蒙特席爾先生的遺囑，就放在標示其名的卷宗內。懇請您將此事告知當事人的兩名孫女，地址如后。』要是平常，這種信鐵定讓我丟進壁爐，但這回，我決定去找找……」

「結果呢？」

貝納所長從公事包拿出一只頗大的信封，因年代久遠，加上頻繁摸取，顏色由白轉灰，還略沾上髒污。凱特琳見了立刻驚呼：

「是爺爺慣用的信封！」

「確實，」貝納先生附議，「我這邊留有幾封他寄來的信，都是這種信封。這信封上橫寫了幾行字，您不妨念念。」

凱特琳大聲讀著：

「此乃本人遺囑，本人過世八日後，公證人貝納所長將於本人住所漲潮線城堡拆立此信，向吾兩名孫女宣讀遺囑，其將遵從本人遺願，並代爲執行。」

凱特琳斬釘截鐵地說：

「這是爺爺的筆跡，有太多地方能證明是出自爺爺之手。」

「我也這麼認爲，」公證人說，「但爲求愼重，昨天我特地到盧昂請專家鑑定，他的看法與我們完全相同，因此，筆跡方面無庸置疑。不過在打開信封前，我必須再次強調，蒙特席爾先生一直委託我處理莊園農場開發事宜，所以這兩年來，我調閱相關文件不下十次，也就是說，至少有十次以上查詢蒙特席爾先生卷宗的機會，若眞有遺囑，照理也該看到。然而，我以專業信譽擔保，之前卷宗裡沒有這份文件。」

「可是，貝納所長……」貝舒有點意見。

「我說了，先生，卷宗裡沒有這份文件。」

「那麼，貝納所長，有誰把文件放進去嗎？」

「這點我尚未追查，但亦不否認，」公證人回答，「不過我只陳述經證實的部分。另外，說記錯也不可能，因爲我習慣將客戶交託的遺囑妥善密封，按照字母順序排放，鎖進保險箱，而非直接攏入卷宗，每份都這麼處理，無一例外。因此，即便我早握有遺囑，就是即將宣讀的這份，也該是從保險箱找到，而不該從蒙特席爾家的卷宗裡找到。」

語畢，貝納先生準備打開信封，戴歐多赫‧貝舒卻伸手制止。

「稍等一下，麻煩先把信封給我。」

拿到信封後，貝舒聚精會神，仔細檢查一遍，然後說：

「信封上有五處封蠟，皆完好無缺，光從封印判斷，是沒什麼問題，但信封曾被拆開過。」

「您說什麼？」

「有人用拆信刀，沿著信封上端封口摺線的地方割出一道開口，隨後再小心黏貼起來。」

貝舒拿起小刀，用刀尖劃開他所指的黏貼處，接著，他就在不破壞封蠟的情況下，從信封裡取出一份對摺的紙張，上頭寫了幾行字。

「紙質與信封相同，」貝舒說，「字跡也一樣，對吧？」

公證人和凱特琳表示同意，確實是蒙特席爾先生的筆跡。

現在就只差宣讀遺囑了。眾人鴉雀無聲，遺囑現蹤引發的騷動不安猶未退卻，貝納所長在這樣的氛圍下開口：

「最後一件事，女士們，我親愛的顧客，兩位是否同意貝舒及勞爾兩位先生在場聆聽宣讀？」

「同意。」兩姊妹異口同聲答道。

「那我即刻開始。」

貝納所長攤開折疊的紙張。

「立遺囑人米歇・蒙特席爾，現年六十八歲，意識清楚，身體健康，經深思熟慮後，茲依本國律法賦予本人之合法權利與人格權，將漲潮線城堡周邊之領地遺贈予兩名孫女（希望兩人能共享土地，惟收入均分），當然，幅員已不比過去遼闊，榮景也難同日而語。

「莊園區則沿著溪流，約略分為大小不等之兩區塊，右半邊包括城堡及我過世後之遺物，全歸凱特琳所有，她從小與我同住，必定會延續我倆的生活方式，盡力維持城堡樣貌。另一邊則隸屬於蓓德虹，她已婚，不常回莊園，應該會很高興偶爾回來時，有間狩獵小屋暫時落腳。然而，因姊姊恐需修繕小屋、添購家具，又為彌補土地區分不均，在考量蓓德虹利益下，其得就本人遺產提取三萬五千法郎，即本人成功煉製之黃金粉末。我將另立遺囑增補書，詳述金粉確切位置，屆時，亦將公開此獨一無二之煉金秘訣。目前僅貝納所長可證明其眞確性，因為我曾提供他少許金粉。

「我很了解自己的孫女，雙方必定不會在得知遺囑內容後心生嫌隙，但一位已經結婚，另一位即將結婚，為了避免兩人因誤解造成麻煩的誤會，我繪製了莊園全區地圖，擺放於本人書桌右邊抽屜內。我用最簡單明瞭的方式標示以下地點：前述劃分莊園區地產之分隔線，乃依凱特琳最愛去的三棵柳樹那兒，以中間那棵爲準拉出直線，往園林大門延伸，直至連接柵欄的四座石柱中，西側後方那座爲止，我會另外栽種一些冬青樹，圍成籬笆當作界線，區隔清楚。以上便是我採行的規則。」

貝納先生很快將遺囑其他部分念完，剩下的內容未再涉及財產分配之事。在貝納所長提到三棵柳樹時，凱特琳與勞爾對看了一眼，對他們來說，這數頁遺囑中的關鍵就在此，但其他人都將焦點擺在金粉那項，貝舒更武斷地說：

「這份文件最好送專家鑑定，確認其合法性無誤。但依我看，目前最該證實的，在於是否眞能從城堡或園林，找出價值三萬五千法郎的數克黃金粉末。」

貝舒語帶諷刺，一副看好戲的模樣說完最後幾句話。不過，勞爾．阿維納卻對凱特琳說：

「小姐，關於這點您沒有要說明的嗎？」

看來凱特琳正等勞爾提問，因爲勞爾剛問完，她立刻接話，似乎唯有在勞爾的同意與鼓勵下，她才願意開口：

「有，我這邊能作證，提供貝舒先生所謂具體的證據，證明爺爺所言不假。打從三個月前返抵城堡，爲了重溫過往幸福的記憶，我四處走動尋寶，所以在爺爺習慣工作的地方找到我們共同製作的地圖，就是這個。也因爲如此，我湊巧發現……」

凱特琳再度望向勞爾，確定對方支持後，把話說完：

「……我湊巧發現黃金粉末。」

「什麼！」蓓德虹十分激動，「你找到金粉，卻什麼都沒提？」

「因爲是爺爺的秘密，除非爺爺交代，否則我不會洩漏。」

凱特琳請大家隨她前往頂樓，眾人走進兩旁隔有傭人房的挑高空間，上方有數根樑柱，以支撐屋頂最高的部分。凱特琳很快指向角落幾個老舊、龜裂、破損的陶壺，它們被當成廢棄的器皿，成堆擱置於屋角，免得佔空間。陶壺上疊了厚厚一層灰，結滿蜘蛛網，其中三只陶壺上面，還堆滿破損杯盤的碎片，根本沒人會注意，也不會想搬動。

貝舒站上旁邊一個不太穩的腳凳，拿起某個陶壺遞給貝納所長。所長一看，立刻發現灰塵底下耀眼的金子光芒，他將手指埋入金沙，喃喃道：

「是金子……與先前樣本一模一樣的金色粉末，而且是好幾倍毫克。」

其他容器裡也裝滿等量的金粉，總價值與蒙特席爾先生所述應該相符。

貝舒震驚地說：

「這怎麼回事？他當眞會做金子？太不可思議了！這裡搞不好有五、六公克……簡直是奇蹟！」

他又補了一句：

「老天保佑，秘方千萬別不見！」

「我不知道秘方的下落，」貝納所長說，「目前看來，遺囑並未包含相關增補說明，信封裡也無其他紙張，若不是蒙特席爾小姐幫忙，很可能永遠沒人想到檢查藏有寶藏的舊陶壺。」

「連我朋友阿維納，如此偉大的預言家及巫師，恐怕也找不到。」貝舒不忘挖苦勞爾。

「這你就錯了，」勞爾反駁，「我來的第三天就找到金子了。」

「證明給我看啊！」貝舒狐疑地嚷著。

「你爬到腳凳上，」勞爾吩咐道，「搬下第四個陶壺。很好，金粉裡插了塊小紙板，看到沒？好，你看紙板上有寫製造年份，是蒙特席爾先生的筆跡，旁邊還有日期：九月十三日，就是金粉倒入陶壺的日期。兩個禮拜後，蒙特席爾先生離開漲潮線城堡，當晚即驟逝巴黎寓所。」

貝舒聽得目瞪口呆，結結巴巴地說：

「你早就……查出來了？」

「我的工作就是查東西啊！」勞爾冷笑。

公證人派人將所有陶壺搬到二樓，鎖在某個房間的壁櫥裡，鑰匙則由他親自保管。

貝納所長對蓓德虹說：

「這些金子大抵將歸您所有，但就眼前這狀況，爲求愼重，我最好先確認遺囑的合法性。」

貝納所長準備離開，勞爾攔住他：

「能否容我再耽誤您一分鐘？」

「沒問題。」

「剛才您宣讀遺囑時，我發現最後一頁有幾個數字。」

「沒錯，」公證人指著那頁解釋，「不過這些數字應該是蒙特席爾先生想事情時，無意間留下的，我已仔細查驗，確定與遺囑本文無關。誠如您所見，數字和簽名處間隔有點遠，寫得很快，字跡潦草，大概是想註記時，手邊剛好沒別的紙張。」

「您說得有道理，貝納所長，」勞爾回應，「但是否仍能允許我抄下這行數字？」

公證人無意見，勞爾便依樣抄寫：

3141516913141531011129121314

「謝謝您。」他說，「有時某些巧合，就剛好會帶來意想不到的指引，可不能掉以輕心，雖然還不清楚所以然，但或許這幾個數字就是重要線索。」

勞爾與公證人談話結束後，急著想提出某些論點，好凸顯自身智慧的貝舒，先送公證人到大門口，回來後，在一樓起居室找到勞爾及兩位年輕女士，三人沉默不語，貝舒扯著嗓門，一派輕鬆地說：

「怎麼？你如何解釋這些數字？我覺得這列數字好像沒什麼道理可言，嗯？」

「大概吧！」勞爾回答，「我抄一份副本給你，你也好好想想吧！」

「其他部分呢？」

「相信我，得到了不少資訊。」

短短一句話，沒想到現場又陷入靜默，大家心想，必定是因某些重大因素，勞爾才這麼說。

眾人焦急期待的心情，連勞爾都感受到了。

他重複剛剛的話：

「得到的資訊不少，但事情尚未結束……會議還得繼續。」

「所以你已經從這堆亂七八糟的事中，找出有用的線索了？」戴歐多赫・貝舒問。

「是找到不少。」勞爾回答，「而這些線索將帶我們貼近案情核心。」

「核心？」

「核心就是三棵柳樹的移位。」

「你還執著這點啊！或者說是蒙特席爾小姐的執著。」

「蒙特席爾先生的遺囑已清楚證實此事。」

「這不就活見鬼，目前柳樹所在的位置，跟蒙特席爾先生在地圖上標示的明明就一樣。」

「對，不過你只要像我剛剛那樣仔細察看地圖，就會發現不但種在土裡的柳樹遭移植，連這紙上柳樹的地點都改了位。瞧，有人擦掉標示在小山丘這邊，代表柳樹的三個十字記號，擦得很小心，但用放大鏡還是很容易發現。」

「所以呢？」貝舒的態度有點動搖了。

「所以你還記得我躺在柳樹樹幹上，要你學阿波羅直挺挺站在小山丘那天嗎？當時，我隨意亂看，東張西望，才發現這張地圖藏著精密的數學計算。這兒有尺和鉛筆，你拿著，按照蒙特席爾先生遺囑上寫的，從他指示的石柱這邊畫一條線到目前位於中間的柳樹位置。」

貝舒照辦，勞爾繼續說：

「好，現在，尺的下端繼續固定在石柱，上端往左畫個弧，來到小山丘的地點，很好，尺可以拿走了。這樣，以石柱為起點畫的兩條線，會夾成一個銳角，左邊那條線連接的，是三棵柳樹原本的位置，右邊那條則是現在的位置。在這銳角開口處，有一塊長條型、呈紡錘狀的土地，你想想，假如依照蒙特席爾先生原先那份地圖，這塊土地是屬於一號區，也就是城堡所有人，還是二號區，也就是狩獵小屋所有人的？那如果是按照後來遭暗中竄改的地圖，土地又屬於誰呢？你懂我意思嗎？」

「我懂。」貝舒回答，勞爾的論點似乎突然引起他的興趣。

「所以，」勞爾又說，「現在弄清楚第一點了，接著往第二點邁進。這塊紡錘地上有什麼？」

「有岩石，」貝舒列舉，「半個羅馬丘、溪水流經的峽谷、小島等等。」

「也就是說，」勞爾下個結論，「這塊偷來的紡錘地（當眞是偷天換日）大致涵蓋了整條小溪，等於是整個莊園區的河段。總的來說，蒙特席爾先生本欲將這條溪留給城堡繼承人，但有人卻不顧其遺願，打算把小溪留給狩獵小屋繼承人。」

「因此，」貝舒說，「你認定策劃這樁竊取河道的陰謀，是爲了使一方利益受損，好讓另一方得利？」

「沒錯。蒙特席爾先生一死，就有人攔截遺囑，之後夥同共犯來此地移動三棵柳樹。」

「但從遺囑內容，看不出改變柳樹位置能有什麼好處，遺囑完全沒提到相關的事，你也沒發現吧？」

「是沒錯，可是，你記得蒙特席爾先生有句話說：『屆時，我將公開煉金秘訣。』秘訣也許還沒寫完，不過偷遺囑的人恐怕已經猜到內容，才抱著十足把握移植柳樹。」

儘管貝舒接受勞爾的說法，仍不放棄找出疑點，他問：

「很吸引人的推論。不過依你看，誰會做這事兒？」

「你知道有句拉丁文叫『Is fecit cui prodest』，就是說犯罪者往往是受益者。」

「不可能！因爲，目前最大受益者是葛森太太，偷來的土地正好擴增她繼承的範圍，你該不會要我們相信……」

勞爾沒有馬上回答，他邊思索，邊密切觀察聽眾的表情，似乎想看他的陳述對在場人士產生什麼效果。

最後，他轉頭對蓓德虹說：

「抱歉，夫人，我完全不想如貝舒先生所言，要大家相信什麼，純粹是將事件連貫，再以最嚴謹、最符合邏輯的方式做出推論。」

「事情確實像您分析的那般進行，」蓓德虹表示，「表面上看來，是有人專爲我牟利沒錯，不過大家都知道，我絕不接受這種偷來的利益，換作是凱特琳也不會，我倆之間不圍籬笆，也不蓋柵欄。所以策劃這起奇怪陰謀的主使者，應該只爲了他自身利益著想。」

「這點是當然的。」勞爾說。

貝舒插話：

「你沒任何想法嗎？你可是連有人放文件到蒙特席爾家的卷宗都知道耶！」

「我是知道。」

「從誰那兒得知的？」

「從幹這事兒的人身上。」

「很好，那從他身上就能直搗案情核心了。」

「那人無關緊要。」

「這麼說，他只是聽命行事？」

「沒錯。」

「他叫什麼名字?」

勞爾不急著詳述細節，他態度保留、遲疑，彷彿想故意拉大戲劇張力，達到臨界點。但眼看貝舒一直逼問，兩姊妹也等著他回答，他只好表示：

「先說好，貝舒，查案僅限你跟我，知道嗎?不准把我們跟你那些警察朋友攪和在一起!」

「不會啦!」

「你發誓?」

「我發誓。」

「好吧!事務所裡有內賊。」

「你確定?」

「非常確定。」

「爲何不先告訴貝納所長?」

「因爲他不像我們會多方考量，可能會二話不說立刻報警。」

「那我們可以詢問他身邊的人，例如員工什麼的，包在我身上好了。」

「事務所的人我全認識，」凱特琳說，「蓓德虹，幾個禮拜前，還有位員工前來拜訪你先生。等等，我突然想到（她壓低音量），就是他被殺的那天早上……八點的時候。我正在等未婚夫的來信，然後在大廳遇見貝納事務所的員工，他看起來很焦躁。等你先生下樓，他們就一起走進花園。」

「所以，」貝舒說，「您知道他的大名？」

「喔！知道很久了。他是中級辦事員，瘦瘦高高的，有張苦瓜臉……就法摩侯老爹嘛！」

聽到這意料之中的名字，勞爾連皺眉也省了，沒多久他問道：

「請教您一個小問題，夫人。出事的前個晚上，葛森先生是否曾離開城堡？」

「可能有，」蓓德虹回答，「我不太記得了。」

「我倒記得，」貝舒答腔，「而且肯定沒記錯。他說頭有點痛，所以陪我回村莊後，他決定去散個步，便往利里博恩港對岸走去……那時是晚上十點。」

勞爾・阿維納起身踱著方步，走約兩、三分鐘後，他再度坐下，緩緩地說：

「眞奇怪，這也未免太巧了，把遺囑放入蒙特席爾家族卷宗的人叫法摩侯，而同一日晚上大約十點，他在利里博恩對岸附近，遇見想將遺囑放入卷宗的人，遺囑顯然就是那人偷的。法摩侯老爹幾經猶豫，終於接下任務，對方則支付二萬法郎當作報酬。」

chapter 9 兩名嫌犯

勞爾・阿維納這番話說得現場再度陷入靜默，眾人各有所思。蓓德虹一隻手撐著眉頭，思索半晌，然後對勞爾說：

「我不太懂您的意思，您說這些難道是想對誰指控什麼？」

「指控誰，夫人？」

「我丈夫。」

「我的話不帶任何指控，」勞爾回答，「但我得承認，當我因陳述這些事實，而看到葛森先生的另一面時，確實相當訝異。」

蓓德虹好像並不感到意外，她解釋道：

「羅伯和我因相戀而結合，但結婚後，這份感情卻禁不起考驗。他每次出遠門我幾乎都跟著，是因為他是我丈夫，我們禍福與共，然而我對他個人的事其實一無所知，也與我無關。所以，假如他的行為因這些事件受人檢視公評，我也不會覺得有什麼好氣憤的。您究竟是怎麼想的？直說無妨。」

「您同意我問幾個問題嗎？」勞爾問。

「當然。」

「蒙特席爾先生過世時，葛森先生人在巴黎嗎？」

「不，他和我在波爾多。我們在收到凱特琳電報通知後，兩天後的早晨才抵達巴黎。」

「兩位住哪兒呢？」

「住我父親的公寓。」

「您丈夫的臥室離蒙特席爾先生停柩的房間遠嗎？」

「非常近。」

「他有幫忙守靈嗎？」

「就最後一晚，我們輪流。」

「所以，他曾獨自待在靈堂過？」

「沒錯。」

「那麼靈堂裡是否有衣櫃或保險箱等能供蒙特席爾先生擺放文件的地方？」

「有個衣櫃。」

「鎖著的嗎？」

「不記得了。」

「我記得，」凱特琳說，「爺爺突然過世時，衣櫃是開的。是我把衣櫃鎖好，並將鑰匙放在壁爐上，直到爺爺下葬那天，貝納所長爲了打開衣櫃才又拿走鑰匙。」

勞爾比了個不置可否的手勢：

「因此，我們有理由相信葛森先生在守靈當晚偷走遺囑。」

蓓德虹聽了不禁大怒：

「您說什麼？太過份了吧！您憑什麼劈頭就認定是他偷的？」

「自然是他偷的，」勞爾道，「因爲他付錢給法摩侯先生，要法摩侯把遺囑放進蒙特席爾家的卷宗裡。」

「但他爲何要偷？」

「爲了搶先一步得知遺囑內容，看看是否有不利於您的條款，也可以說，是不利於他。」

「問題是，並沒有任何損及我利益的條款。」

「乍看之下是沒有，您繼承一部份，妹妹繼承另一部分，雖然妹妹那份面積較大，但您也得到黃金補償。只是，黃金打哪兒來？別說您疑惑，連葛森先生也想不通，索性先把遺囑收進自己口袋，帶回去好好研究，看有沒有機會得到說明煉金秘訣的補充附件。不過他什麼也沒找著。遺囑我們也看過了，不難猜出他下一步棋，兩個月後，他開始在哈迪卡提爾出沒。」

「您從哪兒聽來的，先生？他沒跟我分開過，我一直與他四處旅行。」

「不盡然，有一次他假裝去德國（這是從令妹那兒無意間問到的，我才知道葛森先生行程中有這段空檔），其實是去住在塞納河對岸的傑羅姆港那兒，一到晚上就來附近樹林，藏身於佛薛母子的小屋裡，等到半夜便翻越岩石群後方的高牆，進城堡探查，我已經在他翻牆的地點做上記號。葛森先生多次搜索皆無功而返，既沒找到秘訣，也沒發現金粉。然而，依照遺囑所言，他認爲想發現煉金術，甚至擁有黃金，似乎與那塊長條型的土地脫不了關係，爲了讓您繼承那塊地，他動手移植柳樹，把樹改種在您的繼承區，也就是岩石、羅馬丘及溪流那帶。」

蓓德虹越聽越火大：

「證據！拿證據出來！」

「證據就是佛薛大嬸的兒子，他是樵夫，樹是他移動的，他媽也知情。佛薛大嬸在徹底發瘋前，最愛到處串門子，我問過村莊裡那些三姑六婆，她們都說確有此事。」

「眞是我丈夫嗎？」

「沒錯。這裡有人認得他，因爲過去他曾和您一起住過城堡。此外，我在傑羅姆港的旅館查到他的住宿記錄，雖然簽的是假名，但筆跡沒變，我撕下房客登記簿有他簽名的那頁，放在我皮夾裡。對了，登記簿上還有另一名旅客的簽名，這名旅客是在葛森先生即將離開之前，前來與他會合的。」

「另一名旅客？」

「對，是位女士。」

蓓德虹大發雷霆：

「一派胡言！我丈夫從沒有情婦，全是不實指控，全是謊言！人都死了，您為何還不放過他？」

「是您先問我的。」

「然後呢？還有呢？」她試圖維持鎮定，「繼續說，我倒想看看一個人能放肆到什麼地步。」

勞爾態度平靜，開口道：

「然後，葛森先生暫時收手。柳樹在移植處生根茁壯，小山丘那邊柳樹被拔除留下的缺口，也漸漸被沙土填平了，但問題依舊懸而未決，煉金秘訣仍然無解。直到您與妹妹返鄉長住，重新燃起的淘金夢，再度將他帶往城堡莊園。遺囑終於派上用場，終於能住在蒙特席爾先生生活過的城堡莊園，且能實地勘查那塊他竊取的土地，好研究製金環境及條件。抵達城堡次晚，他便雇了法摩侯先生，以兩萬法郎買走那傢伙的良心。再隔一日的早上，法摩侯先生找上門來，掙扎考慮後接受指使……詳細過程我們不知道。午餐後，葛森先生到園林散步，他過橋穿越小溪，往鴿樓前進，然後打開樓門……」

「……然後子彈迎面而來，頓時命喪黃泉，」貝舒起身，雙手盤胸，大聲打斷勞爾，態度猖狂，「所以，你的推論到此爲止，沒戲唱了。」

「你什麼意思？」

貝舒又講了一次，語氣還是很激動，盛氣凌人：

「……然後子彈迎面而來，頓時命喪黃泉！也就是說，主謀葛森先生，偷走遺囑、移植柳樹、擅闖花園，無所不用其極，結果最終收場時，他沒設下高明陷阱就罷了，反而還成了整起陰謀詭計的受害者！你告訴我們的就是這樣，竟想讓我貝舒，讓我堂堂貝舒警長相信你的鬼話！去對別人說吧，老朋友！」

堂堂貝舒警長挺身站在勞爾・阿維納面前，雙臂始終盤據於胸，火冒三丈的他一張臉漲得通紅。蓓德虹也跟著站在他身旁，準備捍衛丈夫的名譽。凱特琳坐在椅子上低著頭，不若另外兩位激動，但似乎正在哭泣。

勞爾盯著貝舒許久，臉上掛著難以言喻的輕蔑，彷彿在說：「我保證再也不幫這蠢蛋任何忙。」他聳聳肩，離開起居室。

大家從起居室的窗戶望去，只見勞爾在屋外狹窄的長廊上走來走去，他叼著煙，背著手，雙眼注視水泥地，若有所思。中間一度往小溪方向走去，一路走到橋邊，稍作停留後，隨即返回，這樣又過了幾分鐘。

等他回來之後，兩姊妹及貝舒不發一語。蓓德虹坐在凱特琳旁邊，看來很沮喪，至於貝舒，原本打算踢館、嗆聲及狂妄傲慢的症狀也消失得無影無蹤。或許是勞爾不以爲然的眼神讓他洩了氣，此時他滿懷恭順，只想爲自己挑戰主人的行徑道歉。

但勞爾也不急著繼續推理或解釋遭人質疑之處。

他僅對凱特琳說：

「我知道您信任我，但我還是得問，我該回答戴歐多赫·貝舒挑釁的問話嗎？」

「不用。」年輕女孩應聲。

「夫人，您怎麼看？」他改問蓓德虹。

「我認爲應該。」

「那您會百分之百相信我嗎？」

「會。」

勞爾又問：

「兩位希望待在城堡，還是去勒阿弗爾，或者回巴黎？」

凱特琳很快站起來，直視勞爾表示：

「您怎麼建議，姊姊和我就怎麼做。」

「那就留在城堡，但請安心住下，無需擔心突發事件，不論兩位覺得面臨多大的危險，或戴歐多赫・貝舒多麼危言聳聽，都不要有絲毫害怕。唯一要做的，就是預備幾星期後離開城堡，盡量放出風聲，讓人知道你們因爲巴黎有事，將在九月十日或十二日以後出發。」

「我們該讓誰知道呢？」

「村子裡的人，只要遇到就提。」

「但我們很少出門。」

「那就告訴傭人，並說我要去勒阿弗爾調查。希望貝納所長、事務所員工、夏洛特、阿諾德先生及預審法官等都能聽聞此事，然後再說九月十二日將關閉城堡莊園，你們打算只在明年春天回來一趟。」

貝舒婉轉問道：

「我不是很懂。」

「你懂我才驚訝哩！」勞爾回答。

會議至此總算結束，正如勞爾所料，是很長的會議。

貝舒把他拉到一邊問話：

「你說完了？」

「還沒，一天沒辦法完全處理完，但接下來可與你無關了。」

當天晚上，夏洛特及阿諾德先生也回到城堡裡。勞爾決定從第二天起，和貝舒一起暫住狩獵小屋，兩人收拾簡單行囊，起居則由貝舒僱請的女傭幫忙照料。勞爾保證獨住城堡的兩姊妹，不會也不可能遇到危險，從狩獵小屋監視已綽綽有餘，他反倒因某些未說出口的理由，寧願與兩姊妹分開住。儘管在危機四伏中能保證安全無虞頗爲異常，但姊妹兩人對勞爾深信不疑，一點意見也沒有。

等凱特琳與勞爾獨處時，她低頭喃喃說道：

「勞爾，無論發生什麼事，我都聽您的吩咐，恐怕也非聽不可。」

她因情緒緊張顯得疲憊，但仍保持笑容。

當大家共進重回城堡的第一頓晚餐時，沒人講半句話，勞爾那番指控已開始發酵，凡知情者莫不感到侷促。

晚上，兩姊妹跟平常一樣待在起居室，十點一到，凱特琳先回房，貝舒跟著離開，而當勞爾準備走出撞球室時，蓓德虹跟上前：

「我得與您談談。」

她臉色蒼白，勞爾注意到她的嘴唇不停顫抖。

「我想不談也無所謂的。」勞爾說。

「要，要談，」她立刻答道，「您不知道我想談什麼，或許很嚴重。」

勞爾接口：

「您確定？您確定我不知道？」

「您這樣說，別人還以為您對我懷有敵意。」

蓓德虹音調微變：

「啊！我發誓絕無此事。」他回答。

「一定有，否則您為何在外子過世後，還告訴我有女人去傑羅姆港找他？徒增我的痛苦罷了。」

「您大可不必相信這種小事。」

「這並非小事，」她唸唸有詞，「不是小事。」

她盯著勞爾好一會兒，欲言又止，最後才緊張地詢問：

「您眞的有那頁簽名？」

「是的。」

「讓我看看。」

勞爾從皮夾拿出小心撕下的紙張，紙上劃分六個空格，每個空格裡印有幾行問題供旅客塡寫回覆。

「哪裡有我先生的簽名？」

「這裡，」他說，「葛西倪先生。您應該看得出這是化名。您認得筆跡吧？」

她點點頭，默不作聲，眼神始終沒離開勞爾，她再度開口：

「我沒發現這紙上有什麼女人的簽名。」

「當然，那位女士過了幾天才到，她簽名那頁我也順便帶走了，您瞧，簽名在此：昂德蕾亞夫人，巴黎人。」

蓓德虹自言自語：

「昂德蕾亞夫人，昂德蕾亞夫人……」

「您想到什麼嗎？」

「沒有。」

「您不認得這筆跡？」

「不。」

「簽名者顯然刻意改變筆跡，但只要仔細觀察，必能挑出某些特有、專屬的特徵，比如大寫『A』的寫法，或者『i』上面那點總是特別偏右等等。」

她停頓半晌，然後吞吞吐吐地說：

「您爲何提到專屬的特徵？難道您比對過？」

「是的。」

「您有這名女士的原始筆跡？」

「有。」

「可是……所以……您知道簽名者的身份？」

「我知道。」

「萬一您搞錯了呢？」她心頭一震，驚慌叫道，「畢竟，很可能會弄錯……或許是不同的人所寫，只是筆跡很像，您最好想清楚，這是很嚴重的指控！」

她沒再多說，眼神裡既是哀求，又夾雜著不甘願，突然她軟化了，她跌坐進扶手椅，開始哭泣。

勞爾等她慢慢平復下來，才俯身拍拍她的肩膀，低聲說：

「別哭了，我答應您會妥善處理，但您得告訴我，我的推測是否正確，我是否走在對的路上？能否繼續前進？」

「是的，」她說，聲音小到快聽不見，「是的，您說得完全屬實。」

蓓德虹緊握勞爾的手，勞爾的手沾滿她的淚水。

「發生什麼事？」他問，「雖然我知道，還是請您說個大概……之後若有必要，我們再詳談。」

她疲憊地說：

「我先生完全不是您想的罪犯，信是爺爺交給他的，原本應該在爺爺過世後，由公證人打開公布內容，他卻先行拆封，才發現是遺囑。」

「這是您丈夫的說詞嗎？」

「是的。」

「眞實性很低。您丈夫與蒙特席爾先生處得好嗎？」

「不好。」

「那蒙特席爾先生怎會將遺囑交給他？」

「是沒錯……您說得對。但我得聲明那些話是爺爺死後幾個禮拜，他才告訴我的。」

「而您明知蒙特席爾先生留有遺囑卻默不作聲，等於成爲您丈夫的共犯……」

「我知道……我非常自責，可是我們在財務上遇到很大的麻煩，而且覺得凱特琳似乎佔盡便宜，黃金夢讓我丈夫沖昏了頭，我們鬼迷心竅，一心認爲爺爺必定已研究出煉金術，還把秘訣連同城堡及溪流右側園林，全贈予凱特琳，爺爺就是用這種方式，將用之不竭的財產留給凱特琳一人。」

「即使如此，凱特琳也一定會與您分享財富。」

「我也這樣認爲，不過我聽信丈夫的指使，任憑自己讓軟弱、怯懦牽著鼻子走，有時甚至還會發脾氣，認爲爺爺的安排太不公平、太過份了！」

「但是既然遺囑被藏起來了，您與妹妹仍能共享財產不是嗎？」

「對，不過有一天她會結婚，像現在她也論及婚嫁了，到時我們就不能隨意查找金子的下落。另外，我想我先生應該知道更多，卻沒講出來。」

「怎麼說？從誰那兒知道？」

「佛薛大嬸。大嬸從前曾在莊園工作，在她尚未全瘋，有時還算清醒的那段時間，曾對我丈夫提過爺爺的事，尤其常講到岩石群、羅馬丘及溪流等地的問題，這與爺爺爲了區隔遺產，以三棵柳樹劃分界線的想法不謀而合。」

「所以葛森先生就自己改了界線？」

「是的。等我抵達傑羅姆港，您也看到我的簽名了，他才告訴我這些事。」

「後來呢？」

「後來，他什麼也不說了，因爲他懷疑我。」

「爲什麼？」

「因爲我改變心意，威脅要全盤告知凱特琳，加上夫妻倆早已漸行漸遠，今年我爲了凱特琳的婚事回城堡暫住，我心想這回大概分定了，所以兩個月後他來城堡時，著實讓我感到驚訝。但他沒提與法摩侯的勾當，我也不知道殺他的兇手是誰，也不曉得殺人動機。」

蓓德虹全身顫抖，罪惡的回憶又讓她激動起來，在沮喪與恐懼交迫下，不自禁地投入勞爾懷裡：

「拜託您……請您……」她懇求道，「請您一定要幫幫我……保護我……」

「有人想傷害您嗎？」

「不知道……但那幾起兇案……還有過去那些事……我不想讓別人知道羅伯的所作所為，而我還是他的共犯……您什麼都知道，一定能阻止悲劇發生……您如此神通廣大……唯獨待在您身邊，我才有安全感！請您保護我。」

她將勞爾的手貼近濕潤的雙眼，貼近爬滿淚水的臉頰。

勞爾有點不知如何是好，他扶起蓓德虹，兩人的臉十分靠近，這張秀麗的臉龐已因痛苦害怕而扭曲，神色哀淒。

「別怕，」他輕聲安慰，「我會保護您的。」

「您弄清來龍去脈了對嗎？這些秘密壓得我喘不過氣，究竟是誰殺害我丈夫？為何要殺他？」

勞爾望著她顫抖的嘴唇，低聲說：

「您的嘴唇生來並非為了絕望……而是為了展現迷人的微笑……而且，是快樂的笑容……我們一起找到答案吧！」

「是，我們一起，」她熱切地回應，「在您身邊，我感到很平靜，我只能相信您，也只有您能幫助我……我不曉得會遇到什麼事……但只要您在……只要您在就好……請別丟下我……」

chapter 10

戴大帽子的男人

法摩侯先生比勞爾預計的還早離開盧昂，等那筆不義之財與酒肉朋友們揮霍殆盡後，他便返回位於利里博恩及哈迪卡提爾兩地之間，那棟他大半輩子省吃儉用所買下，得以問心無愧、安享天年的小屋。當晚，他安心地入睡，現在，他口袋裡每一毛錢，全是正當工作賺得的清白錢。

然而睡到半夜，他被刺目的光束給驚醒，有人往他臉上照射強光，還提起他尋歡作樂時某個他幾乎忘了的場景。

「怎麼，法摩侯，不認得老朋友勞爾啦？好友勞爾啊！」

法摩侯嚇傻了，立刻從床上爬起來，滿臉驚慌失措，他結結巴巴地說：

「您想幹什麼？勞爾？我……我不認識什麼勞爾……」

「什麼？你不記得我們一起享用你所謂的美酒佳餚，然後你敞開心胸，暢所欲言？就那個晚上，在盧昂啊？」

「敞開什麼心胸？」

「你明知故問喔！法摩侯……兩萬法郎……有人找你攀談……放入蒙特席爾家卷宗的信件……？」

「閉嘴！別說了！」法摩侯聲音哽咽嘶啞。

「可以，但你得回答問題，只要你乖乖回答，我就不會把你幹得好事告訴警察局警長貝舒，他是我朋友，我們正共同調查葛森先生的謀殺案。」

法摩侯聽了越發恐懼，他翻著白眼，一副快昏倒的樣子。

「葛森？葛森先生？我發誓我什麼都不知道。」

「我也這麼認爲，法摩侯，你沒殺人的腦子，我想問的是別件事……一件微不足道的小事……講完你就能像乖女孩一樣回去睡覺了。」

「什麼事？」

「你以前認識葛森先生嗎？」

「認識，我曾在事務所見過他，他是我們的客戶。」

「之後還有見過嗎？」

「沒有。」

「除了某次他找你攀談，還有他被殺的那天早上，你到哈迪卡提爾找他之外嗎？」

「沒錯。」

「那好，我只問你一件事：他找你談話那個晚上，是自己一個人？」

「對……也不太對。」

「怎麼說？」

「我們談話的地點靠近馬路，就在這附近而已，跟我講話的只有他一人沒錯，但我無意間發現，在距離十公尺遠的樹林暗處躲了個人。」

「是有人陪他來嗎？還是誰在監視他？」

「不清楚……我跟他說：『那邊有人』，他卻回：『我不在乎。』」

「那人長什麼樣？」

「說不上來，我只看見他戴了一頂大帽子。」

「很大的帽子？」

「對，那頂帽子有極寬的帽簷和非常高的帽身。」

「沒注意到其他特別的嗎？」

「沒了。」

「葛森先生的命案，你一點看法也沒有？」

「完全沒有。我唯一只想到，兇手可能和我瞥見的人影有關。」

「不無可能，」勞爾說，「但你也用不著管，法摩侯，別想了，去睡吧！」

他輕推法摩侯到床邊，押著他躺平，並替他拉上棉被，直蓋到下巴，然後把被子塞好，吩咐他乖乖睡覺後，才躡手躡腳離開。

＊　　＊　　＊

後來，當亞森．羅蘋講述他在《古堡驚魂》中，喬裝身份，化名爲勞爾．阿維納的故事時，在夜訪法摩侯家這段之後，他穿插了點與分析心理層面有關的題外話：

「我發覺，在危機四伏的案件中，最容易誤判的，往往是關係人的心理。邏輯思考及敏銳的觀察力，就執行任務與下定決策方面極有幫助，但面對關係人隱藏內心的想法時卻無用武之地，包括他們的情緒、喜好，以及難以預料的盤算。因此在這種情況下，我解讀不了蓓德虹的心理狀態，凱特琳那邊也沒了解多少。我甚至沒想到有些事是與案件無關的，根本沒必要去解讀。她們倆是晴時多雲偶陣雨，一會兒對我百般信賴，一會兒又對我疑神疑鬼，時而憂心忡忡，時而泰然自若，有時開朗快活，有時陰鬱低落。關於弄懂這對姊妹一事，我完全走錯路子。她們的思緒中，我只懂與案件相關的部分，能問的，也僅限與案情有關的事，偏偏大部分的時間，她們腦袋想的全與案情無關。而我犯的錯誤，就是光顧著釐清罪案疑點，畢竟眞相已離我推測的不遠，卻沒察覺情感方面的問題，也因此稍微拖延到破案進度。」

但話說回來，勞爾也不是白白被拖延到。他與兩姊妹朝夕相處，有時同姊姊談心，有時與妹妹閒聊，成了她們的心靈導師，負責給她們加油打氣，度過數星期悠哉愜意的生活。勞爾在小溪橋墩的左邊，泊了一艘小船，每天早上吃午餐前，兩姊妹都能在那兒找到正在釣魚的勞爾，釣魚是他最愛的消遣。

偶爾，三人會乘著船，任由漲潮將他們帶往溪水上游，途中會經過木橋，行經通往柳樹的河谷狹道，也會經過羅馬丘。然後再順著退潮，緩慢慵懶地划回莊園。

午後，勞爾則到處走走，往利里博恩或唐卡維爾的方向，有時也去巴斯姆村莊，和村民閒話家常。諾曼地人相當排外，往往會與他們口中的外地人保持距離，但勞爾就有辦法讓他們開口，他從村民口中得知，這幾年來當地發生數起竊案，城堡主人或富農都是受害者。小偷翻過城牆，爬上斜坡，潛入民宅，偷走傳家珠寶或銀器。

警方爲此展開連番搜查未果，後來調查葛森命案時，檢調也沒與竊案多做聯想，不過當地人都知道，這些竊案中，有多起是由一名戴大帽子的男人犯下的。村民信誓旦旦地表示，曾看過這頂大帽的樣子，顏色頗深，大概是黑色的，歹徒則身材削瘦，身高比一般人高大許多。

大家曾有三次在犯案現場採集到他的腳印，腳印巨大，深陷土裡，顯然來自特大號的木鞋。

然而最難懂得是有一次，歹徒為了入侵某座城堡犯案，竟能擠進一條老舊狹窄，只有小孩才過得去的溝渠，大家還在該城堡的院子裡，發現大帽子的蹤影及特大號木鞋的鞋印，結果，這龐然大物最後又溜進老渠道，消失無蹤！

於是大帽子男人的傳說不脛而走，當地居民把他當洪水猛獸，認為他會引來災難大禍，婆婆媽媽更深信他就是殺害葛森先生的兇手，村裡充斥著繪聲繪影，煞有其事的臆測。

貝舒聽聞此事後，才敢肯定凱特琳在臥室遇襲那晚，他一路追捕歹徒直到園林暗處，看到的確實是戴著大帽子的男人，雖然轉瞬即逝，但現在回想起來真有其事。

至此，一切推論全繞著這穿著怪異的神秘客打轉，其如入無人之境，脫逃易如反掌，愛上哪兒就上哪兒，出沒時間不定，似乎真成了邪惡的地縛靈。

勞爾總覺得佛薛大嬸的小屋藏有蹊蹺，所以常往那兒跑，某日下午，他偕兩姊妹同行，在現場發現有堆散亂交疊的木板，倚著樹幹放置，勞爾從木板裡翻出一塊龜裂毀損的舊門板，上頭留有粉筆塗鴉的痕跡，畫法粗糙，技巧拙劣。

「瞧，」勞爾指著，「跟我們追捕的傢伙有關，看這線條想必是畫那頂帽子……這種西班牙寬邊帽很多市集都買得到。」

「很讓人印象深刻……」凱特琳低聲說，「這會是誰畫的？」

「佛薛大嬸的兒子。他喜歡拿筆在木板頭或紙板上作畫，當然，稱不上藝術，甚至還很粗劣。這麼一來全兜攏了，陰謀詭計就是從佛薛家開始的。歹徒及葛森先生或許曾約在此處碰面，佛薛大嬸的兒子則雇用路過此地的樵夫，一或兩位，要他們幫忙移動三棵柳樹，半瘋的母親聽到他們密談的內容，但她又聽不懂，只好用她那顆貧乏的腦袋，努力猜測揣摩，想像推測，反覆思索，後來才會對您說那些沒頭沒尾、窒礙難懂又語帶威脅的話，害您嚇得要死，凱特琳。」

隔天勞爾又找到半打草圖，有三棵柳樹、岩石、鴿樓的位置圖，及兩張帽子的素描，還有一張線條凌亂，依稀認得出是槍枝形狀的簡圖。

凱特琳憶起佛薛大嬸的兒子其實有雙巧手，以前他曾同母親一起來莊園，在蒙特席爾先生的教導下，成功完成不少木製品配件或五金零件。

「所以，」勞爾總結，「五個我們點名到的人，已有四人死亡，包括蒙特席爾先生、葛森先生及佛薛母子，唯獨帽子男還活著，只要能逮到他，問題便迎刃而解。」

事實上，這號神秘人物依舊掌控著大局，他似乎隨時會穿梭樹林、藏身地底，甚至躲在河床裡。鬼魅似乎流連於蜿蜒山徑、平坦草坪、枝椏樹梢，但只要讓人盯上了，便立刻無影無蹤。

凱特琳及蓓德虹還是很緊張，兩人成天挨著勞爾，好像這樣就能躲掉危險。勞爾察覺姊妹倆有時會意見不和，彼此異常沉默，然後突然抱在一起，勞爾得講些鼓舞的話，或展現體貼態度來安撫兩人的恐懼，但沒多久，同樣的事會沒來由再次重演。兩人的情緒爲何如此不穩？只因爲怕鬼嗎？還是受到什麼他不知道的事影響？她倆正在對抗什麼未知的力量嗎？或者，她們知道什麼秘密，卻不願透露？

離開城堡的日子越來越近了。八月底接連幾天晴朗的好天氣，讓他們吃完晚餐後，特別喜歡待在屋外長廊乘涼。貝舒並沒有一起待在長廊，而是在離屋子不遠的地方，邊抽菸邊陪伴美麗的夏洛特，阿諾德則忙著收拾碗盤。

十一點左右，大家會陸續進屋回房，勞爾則悄悄到花園巡視一圈，然後划船溯溪而上，找了個地方躲藏，豎起耳朵監視。

某日晚上，天氣實在太宜人，兩姊妹也想一起划船。小船無聲無息地划過水面，輕輕擺動的船槳灑落幾滴水珠，溪流潺潺，煞是悅耳；滿天星斗灑落一抹微光，新月自蒙著薄霧的天邊探出頭，皎潔的光芒漸漸暈染夜空。

三人都沒說話。

行經峽谷時，船槳沒空間可划，因此小船前進得很慢，後來是潮汐形成的漩渦，慢慢帶著他們在左右兩側河岸間漂流搖晃。

勞爾握住兩位女士的手，小聲說：

「您們聽。」

她們什麼也沒聽到，卻感到危機逼近的壓迫感，那是一種從平靜的大自然及徐徐吹拂的微風中，讀不出的危機。勞爾手握得更緊了，他明白女士們並沒聽到異常，也清楚寂靜中正藏著威脅。敵人似乎料想他不能上山坡探查，故埋伏在旁，窺伺他們的動靜，而山坡任何一處，都可能是歹徒藏匿的巢穴。

「我們走吧！」他把一支木槳插進河岸斜坡。

說時遲那時快，有東西從高處崩落。大概才三、四秒鐘光景，峭壁上傳來轟然巨響，某不明物快速下墜，直衝入溪流。假如勞爾手裡剛好沒拿槳，或沒當機立斷讓小船轉向，岩塊恐怕是迎面而來砸毀小船。三人幸運閃過大石，只讓四濺的水花潑了一身。

勞爾衝上坡地，他眼力極佳，一眼就在群石及山頂松樹叢間，發現那頂巨大的帽子，從這角度只看得到頭，而那顆頭現身一秒即消失無蹤。歹徒以爲躲在洞裡就安全了，殊不知勞爾正以不可思議的速度攀爬近乎垂直的峭壁，他一邊抓住蕨類植物的大枝葉，一邊攀附粗糙的岩面往上爬。敵人原本半站著，大概是到最後一刻聽見有聲音靠近，才又趕緊伏地匍匐，所以勞爾舉目所及，凹凸不平的土地上除了樹木的影子，什麼也沒有。

他往前走了幾步，有點遲疑，接著又是驚人一躍，落點恰好在一團動也不動的黑色物體上，那東西看來很像地上隆起的小土丘，是那傢伙！逮著了！

勞爾抱住對方的腰，大吼道：

「結束了，好傢伙！落到我手裡就認命點，別妄想逃走。啊！小淘氣，我們會玩得很愉快的。」

男子滑進地上的溝渠，又往前爬了幾公尺，勞爾邊冷嘲熱諷，邊緊緊抓住男子的臀部。然而，勞爾發覺他的獵物掙扎躲進濃蔭處後，竟如雪花般從他手裡融化消失了。原來歹徒是鑽進兩塊大石間逃脫，勞爾無法抓牢他，反讓岩石粗糙的表面刮傷雙手，隨著歹徒逐漸滑溜進岩縫，勞爾兩隻手臂間的距離越靠越近，終至空無一物。

太離奇了！他居然能鑽進如此細小的空間！聽說他能遁地，能在極短的時間縮小身軀，細小到令人抓不住，竟然全是眞的。勞爾勃然大怒，生氣咒罵，但那人的確是變長、變細，從緊箍的指尖溜走，直至他無物可抓。歹徒就這麼憑空消失了，哪來這麼神奇之事？還是躲進什麼銅牆鐵壁？他再度側耳傾聽，無聲無息，只聽見兩位年輕女士的呼喊，她們膽顫心驚，待在船邊等他回來。

他返回船邊與女士會合。

「沒人。」他說，沒承認自己失手。

「您不是發現他了？」

「我以爲有看到，但這兒林木茂密，樹影幢幢，誰說得準呢？」

他火速帶她們回城堡，隨即跑向花園。

勞爾非常憤怒，氣那傢伙也氣自己。他繞著城牆巡視，仔細搜查幾處據他所知，歹徒可能逃脫的出入口。突然，他加快腳步，衝向那間毀壞廢棄的花房，那兒有人影在動，似乎是半跪著……不，有兩個人影。

他撲向兩人，較晚發現的人影逃走了，勞爾攔腰揪住一開始看到的人影，雙方扭打滾進荊棘叢，勞爾大叫：

「哼！這次鐵定逮到你了！別想逃！」

此時響起一陣虛弱的哀嚎：

「唉呀！你到底在搞什麼？就不能讓我清靜一下嗎？」

是貝舒的聲音。

「天殺的！活見鬼！你這時間不睡覺在這兒幹什麼？眞是超級大笨蛋，你剛跟誰在一起啦？」

這下輪到貝舒火冒三丈，他起身面向勞爾，禁不住破口大罵：

「你才是笨蛋！誰要你多管閒事？爲什麼來打擾我們？」

「我們有誰？」

「當然是她啊！我就快要親到她了，她第一次拋下矜持……我才要親，你就來攪局！眞是個白癡！」

勞爾終於意識到自己打斷了一場溫存大戲，這下子他忘了生氣，忘了剛才的挫敗，開始瘋狂大笑，笑到縮成一團，直不起腰來。

「廚娘！是廚娘！貝舒快親到廚娘了！結果我卻打斷這場溫馨小典禮……天啊！我快笑死了！貝舒快親到廚娘啦！眞是個唐璜①！」

譯註：

①唐璜（Don Juan）：西班牙傳說人物，為風流浪蕩男子的象徵。

chapter 11

落入陷阱

睡了幾小時後，勞爾‧阿維納跳下床，換好衣服，直往岩石群的峽谷去。爲了能認出與歹徒打鬥的地方，他特別留了條手帕在現場。

然而手帕不在原處，而是出現在不遠處一棵杉樹上。手帕被打了兩個結，再以匕首釘在樹幹上，勞爾很確定他沒給手帕打結。

「喲，」他自言自語，「對方向我宣戰了，看來敵人對我頗爲忌憚。好極了！不過這X先生還眞囂張……他到底身懷何種絕技，竟能像條鰻魚般從我手裡溜走？」

阿維納對此事特別感興趣，而等徹底搜查過後，他的興致更高了。敵人鑽入的缺口是一道天然形成的裂縫，屬於地質斷層帶，在花崗岩石群很常見。這個出現在兩塊岩石中間的裂口，深度最多六十至八十公分，但長度很長，尤其非常窄，裂口下端盡頭處，窄到只剩一般細頸瓶口的寬度，很難想像一個男人能通過，遑論又戴著帽緣比他肩膀還寬的帽子、穿著一雙大木鞋。然而，他確實鑽過去了，而除了這個裂口，也找不到別的出口。

歹徒果然是靠伸縮功，才能神奇地逃脫，而伸縮功就如勞爾親身體驗的，對方會變得細長、身形會縮小，讓人抓不住後便順利溜走，也就是說，感覺像手裡有東西融化一般。

凱特琳和蓓德虹也來了，兩人對昨晚的意外仍心有餘悸，臉上更露出失眠留下的疲態，她們紛紛哀求勞爾將離開的日期提早。

「爲什麼？」他叫道，「就爲了那塊大石頭？」

「很清楚，」蓓德虹說，「昨晚有人圖謀不軌。」

「哪有什麼圖謀，我敢打包票沒事。剛才我勘查過事發現場，岩石是自己掉下來的，純粹是巧合，我們就倒楣遇上了，沒什麼可疑之處。」

「可是，您一定是看到什麼才跑上山坡……」

「我沒看到什麼，」他態度肯定，「我只是想確定上頭沒人，確定石塊不是因人爲因素掉落。經過昨晚及今早的探查，我對這部份已沒有疑慮。況且，要推下這麼大的石塊，需要花不少時間，也沒人能事先猜到兩位的行程，你們很清楚昨晚會出門散步完全是臨時起意。」

「可是歹徒知道您會散步啊！畢竟您好幾個晚上都出門了，所以他攻擊的對象不是我們，是您，勞爾。」

「兩位就甭擔心我了。」勞爾笑著說。

「當然會擔心啊！您不該冒險，我們也不樂見。」

這對姊妹十分驚慌不安，當勞爾打算去花園散步時，兩人甚至輪番拉著他的臂膀拜託他：

「一起離開這吧！我們很害怕，眞的沒心情待在這兒了，包圍我們的只剩危機和陷阱……走吧！您爲何就是不肯走呢？」

勞爾沒辦法，只好回答：

「爲什麼？因爲案情即將水落石出，破案的日期早定好了，無法更改，你們也得知道葛森先生的死因，還有爺爺的黃金從哪來的，這不是你們的心願嗎？」

「對，」蓓德虹說，「但不是非得待在這兒才能知道吧！」

「就只能在這兒，還得是預定的時間，九月十二、十三或十四日。」

「日子誰定的？您嗎？或是別人？」

「不是我，也不是別人。」

「那是？」

「是命運，命運一旦注定了，就沒法兒改了。」

「若您有破案的信心，怎麼還會有疑點解不開呢？」

「沒有疑點了，」他帶著無比信念，斬釘截鐵地表示，「除了幾個小細節，眞相已昭然若揭。」

「那就採取行動啊！」

「我只能等到在預定的日子行動，也只有那時候，才可能逮到X先生，並將所有黃金粉末交到兩位手上。」

勞爾如此預言，口氣輕鬆，像個喜歡變戲法、熱衷於讓人摸不著頭腦的巫師。他又向兩姊妹提議：

「今天是九月四日，只要再待六或七天就好。再忍耐一下好嗎？別淨想些不愉快的事，好好把握最後一星期的鄉村生活吧！」

姊妹倆耐著性子留下了，她們發了點燒，心情也不安定，偶爾還會莫名其妙吵架。在勞爾眼中，兩人依舊如海底針難以捉摸，卻也因此更顯迷人。這對姊妹無法離開彼此，尤其無法離開勞爾。

三人又度過幾天愜意的日子。在等待最後對決的期間，姊妹絞盡腦汁猜測可能突發的狀況，頻頻思量到底會發生在離開前或離開後，同時，她們受勞爾影響，終能放鬆心情，享受美妙適意的生活。不管勞爾的話題是輕鬆或沉重、有趣或無聊，都能逗得姊妹倆哈哈大笑，勞爾甚至能感受到她們對自己的殷切熱情。

放。

有時候，當他們聊著心事，他會自問與兩姊妹有關的問題，他喜歡想這些，卻不會眞往心底

「天啊！現在我越來越愛這兩位美女朋友了，可是我比較喜歡哪一位呢？剛開始我喜歡凱特琳，她永遠那麼無憂無慮，著實打動我心，讓我願意爲她赴湯蹈火。後來蓓德虹出現了，她嫵媚動人，女人味十足，讓我心神蕩漾。坦白說，我也搞不清楚喜歡哪個。」

其實，或許兩位女士的個性他都愛，無論是純眞單純、質樸坦率，或歷經世故、複雜難懂；也或許在兩種截然不同的類型裡，他只喜歡其中一位，而對她，如同對每次冒險遇到的女人，勞爾必定會付出全副心力。

就這樣，九月五日、六日、七日、八日、九日都過去了，隨著預計破案的日子越逼近，蓓德虹和凱特琳越能控制自己的情緒，甚至能像勞爾一樣冷靜沉著，當阿諾德先生及夏洛特打掃城堡時，她們便自己收拾行李箱。

戴歐多赫．貝舒則對夏洛特大獻殷勤，絲毫不介意動手幫忙整理家務。夏洛特會先回家鄉住一禮拜，所以貝舒說了要陪她一起搭火車。之後兩姊妹則與勞爾一道，他要開車載她們去布列塔尼旅遊，同時，阿諾德會負責收拾整理巴黎的公寓。

九月十日，蓓德虹吃過午餐後，出門到村裡辦些貨款發票的手續，回莊園後，她先是看到坐在船上釣魚的勞爾，然後在二十公尺遠處的橋頭那邊，發現凝望勞爾的凱特琳。

蓓德虹在離小船二十公尺遠的地方坐下，跟她妹妹一樣注視著勞爾。他俯身望向水面，似乎沒注意到浮標正在搖晃，水底有什麼風光引得他察看嗎？或者純粹是興之所至？

勞爾大概發覺有人在看他，因爲他先轉頭望向凱特琳的那方，對她微笑，然後又轉向蓓德虹這邊，同樣報以笑容。兩位女士一起上了船。

「您想我們嗎？」其中一個笑著問。

「當然。」勞爾回答。

「想誰呢？」

「兩個都想。我還眞沒辦法把你們一分爲二，少了你們我怎麼活呢？」

「確定明天要離開了嗎？」

「對，明天早上，九月十一日。爲了謝謝兩位配合，我特別安排了一趟布列塔尼小旅遊。」

「我們要離開了……但案子還沒解決啊！」蓓德虹說。

「都解決了。」勞爾回應。

三人陷入一陣沉默，勞爾沒再釣魚，並非覺得釣不到，而是溪裡一條魚也沒有，只是三人依舊盯著上下起伏的魚標，偶爾交談個幾句，直至暮色低垂，籠罩這片幸福氛圍。

「我想去看看我的車，」勞爾開口，「兩位要一起來嗎？」

他們來到離教堂不遠處，勞爾停車的車庫，一切正常，引擎如往常般轟隆作響，運轉沒問題。

七點時，勞爾留蓓德虹和凱特琳在家，告訴她們明早十點半左右會來接人，然後他們再一起搭乘傑羅姆港的渡輪橫渡塞納河。離開莊園後，勞爾到茅屋找貝舒，爲了方便起見，他決定在貝舒家度過最後一晚。

晚飯後，兩位男士各自回房，沒多久，貝舒便鼾聲大作。

於是勞爾走出屋外，取走用兩個鉤子懸掛在茅屋屋頂下的梯子，他帶著梯子，沿小徑而走，小徑右邊是漲潮線莊園的圍牆，他走到高處左轉，再爬上圍牆，直達牆脊。濃密的樹蔭及枝葉剛好落在他身上，將他藏得很好，然後他用繩子把梯子吊落至牆外，輕輕讓梯子橫倒在荊棘叢裡。

他在樹蔭裡待了半小時，從高牆上能看清城堡的動靜，月色皎潔，散發柔白寧靜的光芒，彷彿也在漆黑中搜尋，而落在銀白溪水的倒影，宛若月娘入浴。

遠處城堡的燈一盞一盞熄滅了，哈迪卡提爾的大鐘響了十聲。

勞爾還在監視。儘管他認爲兩位年輕女士不會碰上危險，但亦不樂見任何意外發生。勞爾動作輕巧，敵人理應想不到有埋伏，應該會照常出沒，繼續完成害人的勾當，往自以爲只差臨門一腳的目的前進，甚至不會察覺已遭監視。

突然，勞爾一凜。是出了什麼狀況，讓他準備伺機逮人嗎？難道即將有什麼陰謀出籠？從他剛才沿路攀走的圍牆內側，大約距離五十步遠的地方，也就是離那天清晨凱特琳鑽進的小門不遠處有棵大樹，他發現樹幹上緊靠著某物體，動也不動，看來不像樹幹的一部份。其實物體有輕微晃動幾次，接著降低高度，直到貼近地面。若不是勞爾親眼抓到這細微的動作，大概完全無法區分大紫衫樹影和長條人影。此時，人影開始順著暗處匍匐前進。

人影爬上在廢棄花房四周及下方，碎石遍佈、雜草灌木叢生的小山丘，那兒有條小路，從高處看好似灰白色的曲線。人影一點一點站直，拖著地走，而後消失在矮樹叢間。

勞爾一面確保自己不被看到，一面火速跳下藏身的大樹，他刻意挑月光照不到的路線快跑前行，兩隻眼睛緊盯廢棄花房頂端。他只花幾分鐘便抵達花房下方，在沒有太多防身準備下，隻身進入闖於殘磚碎瓦中的小路，爬上蜿蜒的山徑。

他越走越覺得怪，不禁緊握手槍。抵達坡頂後，他環視四周，沒看到可疑之處，心想敵人大概從另一邊山坡下山，他又往前走了三步。

勞爾遲疑了一、兩秒，四周有些安靜過頭，一點風吹草動也沒有，彷彿風雨前的寧靜。他全神戒備，再往前跨一步，突然，他聽到腳底下傳來樹枝斷裂的劈啪聲，瓦礫堆中竟然冒出一個裂口。

接著，勞爾便跌入洞穴。陰謀早已計畫妥當，歹徒一等他摔落，馬上重擊他胸口，讓他無法站直，失去平衡，然後痛打一頓直到他癱軟無力，再立刻拿塊布把他包起來，他被壓制在地，在他弄清楚身處何方、試著反抗前，歹徒已將他牢牢綑綁。

整套步驟執行起來，迅速確實、乾淨俐落，根據勞爾的判斷，應是一人所爲。接下來的行動也毫無拖延，歹徒另外取來幾條用來繫住船隻的繩索，繩索另一端皆固定綁在泊船處的木樁、鐵樁或水泥柱上。然後歹徒才從高處，往他身上倒下礫石泥沙。

之後便無動靜，只留下死寂、黑暗及礫石墳土的重量。勞爾被活埋了。

勞爾自認並非容易自亂陣腳、灰心喪志之人，無論發生任何事，他從不會忽略最糟糕的情況，但他會先找出對自己有利的部分，也難怪他立刻想到，弄了半天，對方明明能殺他卻沒動手。殺他易如反掌！只要賞他一刀就能解決心腹大患不是嗎？如果歹徒不殺他，表示他沒有被殺的必要，歹徒只想讓他在特定時間內束手無策，不要出來壞事，好讓他順利幹完活兒。

而以上假設與勞爾已確切掌握的事實不謀而和。

看來，敵人在破案前沒有收手的打算，破案一事，勞爾相信命運的決定，萬一他眞的倒下死亡，只能算他倒楣。

「但我絕不會倒下，」勞爾對自己說，「我的原則就是兵來將擋，水來土淹，沒什麼好怕的。」

他一跌進洞裡，便本能地盡量找出最好的位置，他用盡全力保持微蹲姿勢、繃緊雙臂肌肉，並挺直胸膛，也爲自己預留了些許活動及呼吸的空間。此外，他也很清楚自己在什麼地方，其實他爲了尋找戴帽子男人可能的藏匿處，曾數次鑽進花房瓦礫堆下，他注意到這個洞穴離從前花房的入口並不遠。

眼下有兩條活路，一條是洞穴外的路，但必須穿過磚石、瓦礫、沙土及廢鐵堆；否則就是走地底，借道從前搭建花房的那塊地。不過想逃脫，得先想辦法移動，這事恐怕比登天還難，繩結綁得牢靠，任何掙扎只會讓繩索纏繞更緊。

不過他仍然想盡辦法轉身，挪出一個空間來，同時，腦袋依舊靈活運轉著。他假想整個埋伏的過程，對方想必早就監控著他的一舉一動，他爬上牆頂，躲在樹蔭時已洩漏行蹤，對手接著用計，引他落入陷阱。

奇怪的事發生了，儘管被厚布包住，四周又隔著堆積如山的沙石，他竟能聽見外頭的聲響，而且相當清楚，毫不模糊，至少塞納河邊及他這頭的聲音是聽得一清二楚。聲音很明顯是透過瓦礫堆中的某處空隙傳進來的，該空隙應是沿著地底，往塞納河方向埋設的壁爐管道，管道幾乎與地面平行。

因此，他能聽到河道上船隻鳴起的氣笛聲、馬路上汽車的喇叭聲，還聽到哈迪卡提爾的教堂大鐘響起十一點的鐘聲，在最後一次鐘聲響起前，勞爾聽見有人發動汽車引擎的轟隆聲，那是他的車。就算有成千上萬部車，他也認得出自己車的聲音。

引擎聲遠離，彎進村莊，上了大馬路，然後速度加快，往利里博恩方向前去。

利里博恩眞是目的地嗎？敵人——開走車的一定是敵人——難道不會一路開到盧昂，或者直接開到巴黎？他去那裡又要做什麼？

勞爾掙扎許久，不免有點累了，他稍微休息一下，繼續思考。最後歸納出以下情況：明天九月十一日早上十點半，是他應該前往城堡接走凱特琳與蓓德虹的時間，所以等到十點半或十一點，都算正常，凱特琳及蓓德虹不至於擔心，也不會找他。但之後呢？若過了一天還等不到人，歹徒又製造他自行離開的假象，那不就沒有搜救行動了？

不過敵人應該也猜到，兩位年輕女士很可能選擇留在城堡等候，但敵人的計謀就是想趁所有人都不在時爲所欲爲，姊妹倆不走豈非功敗垂成？無論如何，敵人非得讓這對姊妹離開不可。辦法呢？只有一個，從巴黎傳訊要她們走。寫信不行，姊妹認得他的筆跡，那就是發電報了……發一封署名勞爾的電報，告訴她們有急事先行離開，請她們收到電報後搭火車前來。

「如此她們怎麼可能不照辦？」勞爾想，「電報內容在她們看來合情合理！再說，沒有我的保護，她們絕不肯待在城堡的。」

勞爾花了大半夜徒手挖掘，然後睡了許久，睡醒後雖然有點呼吸困難，又開始工作。他其實不太有把握，只憑直覺認爲應該是往出口方向前進沒錯，因爲外頭的聲響越來越清晰。但究竟還得前進多少公分，還得付出多少疼痛，還得重複幾次挖掘的動作？他不知道。

綑綁在身上的繩索不動如山，唯獨繫在泊船處的纜繩有稍微鬆開。

清晨大約六點，勞爾覺得又聽到自己汽車熟悉的引擎聲，但有可能聽錯了。引擎聲在駛入哈迪卡提爾前停下來。這可怪了，敵人爲何又把車開回來？車子出現不就毀了電報計畫？

早上過去了。到了中午，雖然勞爾沒聽到任何車輛行駛的聲音，但他猜想兩姊妹在接到電報後，應該已經離開哈迪卡提爾，搭火車前往利里博恩了。

然而，事情與他預料的相反。教堂的大鐘整點報時，讓他至少知道時間，大約下午一點時，他聽到呼喊的聲音，聲音來源離他並不遠：

「勞爾！勞爾！」

是凱特琳的聲音。

蓓德虹也跟著大喊：

「勞爾！勞爾！」

勞爾這邊也大聲叫著兩人的名字，但徒勞無功。

兩位年輕女士繼續出聲找人，卻離勞爾越來越遠。

而後，四周又恢復寂靜。

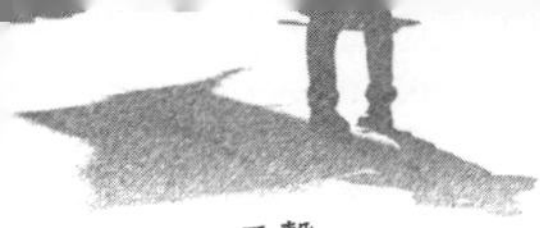

chapter 12

反擊

「我弄錯了，」勞爾心想，「她們沒有收到要求她們去巴黎跟我會合的電報，反而訝異我的失蹤出來找人了。」

他內心立刻升起一絲念頭，認爲姊妹應該能順利找到他，特別有貝舒在，他很擅長搜索，找他易如反掌。莊園區畢竟範圍有限，歹徒能藏他的地方不多，惡徒現在大概以爲他非死即傷吧！像是峽谷那邊的岩石群、羅馬丘、花房的廢墟，或其他兩到三處他們都熟悉的地點，除了這些地方以外，他也常跟貝舒到小溪附近、狩獵小屋及城堡視察，歹徒是還能把一具屍體藏到哪兒去？

但幾小時過去了，勞爾的希望逐漸破滅。

「貝舒現在腦袋不太清楚，」他自言自語道，「他是會想辦法找到我，但愛情多少讓他變得無能，或許找得方向也不對，他可能正和兩姊妹及家僕前往鄰近的山丘、小樹林或塞納河那頭……然後……然後……誰知道？他們恐怕也不排除我遇害的可能，或者，他們以爲我臨時有急事，趕不及通知他們便先行離開，他們以爲我大概正處理要事，所以才留在城堡等待！」

然而，直到太陽下山，再沒聽到呼喊聲，也沒傳來任何船隻或車輛的聲響。

村上的大鐘依舊整點報時，晚上十點的鐘聲響起時，勞爾心想凱特琳和蓓德虹身邊少了他保護，黑夜降臨，姊妹倆可能會驚懼顫抖。

他再使勁挖掘，身上的繩索沒那麼緊了，繫在泊船處樁木上的繩頭因不斷拉扯，已然鬆脫，所以勞爾有機會快點往他預估的出口方向邁進。隨著身上包覆的厚布寬鬆許多，他覺得呼吸順暢不少，但接著得忍受飢餓，飢腸轆轆拖累他的速度，而且效率不彰。

最後，他昏昏沉沉睡著了。這覺睡得極不安穩，不是讓惡夢嚇醒，就是突然沒來由地驚恐喊叫。

「啊！」爲了恢復鎮定，他大聲問自己：「才天殺的勞累飢餓個兩天，你的大腦就舉白旗了嗎？」

大鐘敲了七下，已來到九月十二日早上了，他所謂命中注定的期間即是從這日起算，目前看來，敵人算拔得頭籌。

一想到此，不禁令他激動憤怒，怒火中燒。敵人贏得戰役，等於是姊妹的挫敗，她們無法翻盤，敵人竊走重大秘密，甚至逍遙法外……而他勞爾則是賠上一條命。假如他不願白白喪命，不甘服輸，就得抬起這墳墓的棺蓋，想辦法逃走。

他感到新鮮空氣灌入，出口應該不遠了。他不只一次告訴自己，會有人來，他必定能獲救。勞爾再度用盡全力。這時他突然感到一陣天搖地動，事情似乎有了變化。結果是他挖掘的地洞周邊石堆轟然倒下，覆蓋他的頭肩、手肘、膝蓋以及雙腿。是他挖洞造成的崩塌？亦或敵人監視發現他離出口越來越近，故意拿十字鎬破壞脆弱的洞穴結構？無論如何，勞爾覺得全身遭到重壓，呼吸困難，快要失去意識。

但他仍堅持撐住，不願倒下，他摒住呼吸，節省所剩無幾的氧氣，其實在重壓之下，他根本透不過氣，幾乎很難讓他挺胸大口吸氣。

他還是努力想辦法：

「還有十五分鐘的機會……也許，十五分鐘後……」

他數著時間，只是他的太陽穴開始劇烈疼痛，思緒一片混亂，逐漸陷入彌留狀態，終於，勞爾失去了知覺。

*　*　*

當他再度睜開眼睛，發現已回到城堡的臥室，正躺在自己床上，衣服也換了，凱特琳和蓓德虹心急如焚地望著他，掛鐘的指針指向七點四十五分。他喃喃自語：

「十五分鐘……剛剛好，是吧？否則……」

他聽見貝舒發號施令：

「快，阿諾德，跑去狩獵小屋拿他的行李來。夏洛特，準備茶水及乾麵包，當然也要快！」

說罷，貝舒返回床邊對勞爾說：

「老朋友，你得吃點東西……吃不多沒關係，但一定得吃……啊！真該死，你害我們擔心得要命！你去那洞穴幹什麼？」

凱特琳與蓓德虹嚇得花容失色，淚如雨下，姊妹一人一邊，握著勞爾的手。

蓓德虹柔聲說：

「別回答……別說話……您應該累壞了。啊！我們真的好害怕，不明白您怎會失蹤。發生什麼事了……不，不用說……您好好休息……」

她們暫時安靜下來，但兩人心情激動，難以平復，忍不住連番問了許多問題，只是問完後會立刻打住，不讓勞爾回答。貝舒也一樣，勞爾此番蒙難似乎讓他慌了手腳，他先是語無倫次，又莫名其妙地喝叱自己閉嘴。

勞爾等自己稍微恢復氣力，能喝點茶吃些麵包時，才虛弱地問：

「是否有人從巴黎發電報給你們？」

「是，」貝舒回答：「你要我們搭頭班火車跟你碰頭，就約在你家。」

「那你們怎麼沒去？」

「我想去，是她們不肯。」

「爲什麼？」

「她們覺得事有蹊蹺，」貝舒說：「不相信你會這樣遝行離開。所以，我們就開始找人……還特別到外頭樹林裡，卻無從找起。我們不知道你到底離開沒，時間一分一秒過去，大家都睡不著覺。」

「你沒通知警衛隊嗎？」

「沒有。」

「好極了，所以最後怎麼發現我的？」

「多虧夏洛特，今早她在屋裡大叫：『舊花房那邊有動靜……我從房間窗戶看到的……』於是大家趕快跑去，合力挖開洞口……」

勞爾低聲道：

「謝謝，夏洛特。」

大夥兒接著問勞爾有何打算，他才比較有力氣地回答：

「先好好睡一覺，然後外出走走……我們去勒阿弗爾……待個幾天……海風有助於我復原。」

眾人走出臥室，讓勞爾好好休息，百葉窗拉上了，門也關起來，勞爾沉沉入睡。

直到下午兩點左右，勞爾拉鈴叫人，蓓德虹走進房裡，發現他正躺在扶手椅上，氣色好多了，他刮了鬍子，並換上乾淨衣服。蓓德虹凝望半晌，眼裡閃著欣喜，她走向勞爾，很快親了他前額一下，接著又吻著他的雙手，吻裡混雜著淚水。

夏洛特將餐點送進勞爾房裡。他沒吃太多，而且看起來頗累，卻急著離開城堡，彷彿想藉此擺脫痛苦記憶的糾纏。

貝舒扶著他，幾乎用搬的將他送進車後座，之後，貝舒握著方向盤，硬著頭皮開車上路。阿諾德和夏洛特則另外搭夜車去巴黎。

抵達勒阿弗爾後，不知爲什麼，勞爾不讓大家先到旅館放行李，要求直接到聖達特勒斯海灘，然後平躺在沙灘上，待了一整天，半句話也沒說，只是大口呼吸徐徐吹拂的沁涼海風。

黃昏時分，太陽潛入滿天瑰麗雲彩，當海平面上最後一絲光芒消失後，兩姊妹及貝舒目睹了一場出乎意料的表演。四人休息的沙灘這角已經沒什麼遊客，勞爾・阿維納突然起身，開始瘋狂跳舞，他手舞足蹈，不成章法，輔以小聲尖叫配音，就像飛翔於水面的海鷗叫聲那般。

「這是怎樣，你瘋啦！」貝舒大吼。

勞爾搭著他的肩頭轉圈圈，再抬起他，伸直雙臂將他舉向天空。

凱特琳及蓓德虹哈哈大笑，一邊感到驚奇，這人今早還一副歷劫歸來，筋疲力盡的模樣，怎麼突然這麼有活力？

「如何？」他拉著大家，「你們以為我會昏迷好幾天嗎？潰敗到此為止，當我在城堡裡喝了茶，睡個兩小時，體力便完全恢復了。唉呀！美麗的朋友，難道你們眞以為我會浪費時間把自己弄得像年輕孕婦？開工啦！不過咱們先去吃飯，我餓了！」

勞爾帶他們去某家有名的小酒館飽餐一頓，食量可說與巨人卡岡都亞①勢均力敵，兩位女士從未見過他興致如此高昂，包括貝舒本身都一頭霧水。

「你到墳墓走了一遭，倒是變年輕不少嘛！」貝舒叫道。

「老貝舒，你的能力大不如前，得好好補一下了，」勞爾說：「這回我出事，你簡直一點貢獻也沒有，開車也是，看你開得什麼車！剛才我嚇得直打哆嗦，來吧！要我給你上一課嗎？」

天色全暗了，四人坐上汽車，這次勞爾坐在駕駛座，貝舒坐他旁邊，兩姊妹則在後座。

「我開車，」勞爾說：「大家就用不著怕了！但我需要暖身一下，等會兒會越開越順的。」

於是，車子一個顚簸，便立刻衝上石子路，轉往通向阿爾夫樂的馬路上，映入眼簾的是一片平坦延伸的海濱，遠處諾曼地省科區的高原上正颳起龍捲風。他們通過聖日耳曼城堡區後，開上利里博恩路。

一路上，勞爾偶爾會唱唱凱旋之歌或叨念貝舒。

「老朋友，你很驚訝嗎？對一個死裡逃生的人來說，我狀況不差。貝舒，你瞧瞧紳士是如何開車的。不過你大概還是怕吧？凱特琳！蓓德虹！貝舒會怕，現在，他寧願下車用走的，你們的意思呢？」

勞爾在利里博恩路一處長下坡前右轉，往教堂方向前進，只見教堂的鐘樓在月光籠罩下，矗立天邊薄雲間。

「聖・尙恩・得・福勒維勒……蓓德虹、凱特琳，你們知道這村莊嗎？從漲潮線區步行約二十分鐘會到。我比較喜歡從上面走，這樣有人就聽不到我們從塞納河路回來。」

「嗯，有人？」貝舒問。

「等下就知道了，大胖呆。」

勞爾把車停在農場斜坡邊，一行人沿著鄉間道路前進，這條路通往巴斯姆城堡及村莊、佛薛大嬸家那片樹林及哈迪卡提爾河谷。他們腳步極輕，小心翼翼。山風不時吹拂，略厚的雲層模糊了月色。

他們一路走到牆頂，離勞爾前晚放梯子的荊棘叢不遠處。他找出梯子，架在牆邊，爬上去觀察園林的動靜。接著才喚其他人來。

「他們兩個正在幹活兒，」他壓低音量，「在我意料之中。」

其他人輪流爬上梯子，莫不引領翹首，想一探究竟。

原來，有兩個人影，分別站在河岸兩邊，與鴿樓齊高的位置，一個站在島上，一個則在園林坡地上。人影動也不動，看來不像在躲藏。他們在做什麼？到底在進行什麼神秘的工作？

四周雲霧繚繞，即便眞是認得那兩人，恐怕也辨認不出他們的身份。人影彎下腰，越來越靠近水面，他們應該正盯著水裡，監視什麼東西，可是他們卻沒帶任何能幫他們看清楚的照明設備。讓人以爲他們正潛伏準備盜獵或預謀設下陷阱。

勞爾將梯子搬到貝舒家，然後，大家返回城堡。儘管城堡大門鎖上另外加了兩條鎖鍊，但勞爾有莊園所有鑰匙的備份，甚至有後門的鑰匙。眾人躡手躡腳，但其實不會有任何閃失，因爲那兩人是在城堡前方的園林裡忙碌，根本聽不見他們的腳步聲，他們就憑一支手電筒微弱的光線照路。

勞爾走進撞球室，從早已不用的舊武器擺放架上，取下一把事先放置的步槍。

「槍裝好子彈了，」他說：「貝舒，不可否認，歹徒擅於躲藏，這點相信你沒意見吧！」

「您不會要殺他們吧？」凱特琳怯聲道，她怕極了。

「不，但我會開槍。」

「喔！拜託別開槍。」

勞爾關掉手電筒，輕輕打開其中一扇窗，並撥開百葉窗的窗葉。

天色越來越陰暗。而下方約六十或八十公尺遠處，兩個人影依舊如雕像般，一動也不動。風勢變大了。

又過了幾分鐘，其中一個人影慢慢打個手勢，在島上的人影便更彎腰貼近水面。

勞爾抬起槍托，準備射擊。

凱特琳淚眼汪汪地哀求：

「求求您……拜託您別開槍……」

「您希望我怎麼做？」他問。

「您可以跑過去抓人。」

「萬一他們跑了呢？萬一又從我們指尖溜走呢？」

「不可能的。」

「我寧願保險點。」

勞爾再度瞄準。

兩位年輕女士的心糾結在一塊兒，她們想到過去曾發生的可怕槍擊案，兩人實在很怕那種轟然巨響。

島上的人影再次彎腰，接著抬起上半身。這代表準備離開了嗎？

這時，接連響起兩聲槍響，勞爾開槍了。底下那兩人發出哀嚎，滾落草地。

「待在這兒別動，」勞爾囑咐凱特琳及蓓德虹，「哪兒都別去。」

然而，她們卻堅持跟著去。

「不，不行，」他說，「誰知那兩個傢伙會不會反擊，你們在屋裡等我們，順便準備些繃帶藥品，得幫他們療傷。但傷勢不會太嚴重，我只射他們的腿，用得又是小發子彈。貝舒，你到大廳保險箱裡找些皮帶及兩條繩索來。」

勞爾自己則抓起一把用來權充擔架的折疊扶手椅，不慌不忙地往溪流方向走去，兩邊河岸上各躺了一名奄奄一息的傷者。

貝舒聽命行事，拿著左輪手槍對準嫌犯，勞爾對比較近的嫌犯說：

「欸！老兄，別想使齷齪手段！你敢輕舉妄動，警長可會當你是頭臭野獸，賞你一槍斃命。你還有什麼想辯駁的嗎？」

勞爾屈膝跪下，拿手電筒照向歹徒臉孔，他冷笑：

「我早就懷疑是你，阿諾德先生。但你行事狡猾，總有辦法消除我的疑慮，直到今天早上我才完全肯定。老朋友，你在這兒做什麼？想從溪裡汲取金粉嗎？不如回堡裡再解釋，好嗎？貝舒，幫我把這傢伙固定在擔架上，兩條帶子綁住他手腕，這樣可以了。這樣舒服多了吧？子彈大概傷到手臂或臀部吧！」

他們小心將傷者送回客廳，年輕女士們已經打開燈，勞爾對她們說：

「這是一號包裹阿諾德先生。我的老天，對……僕人，蒙特席爾爺爺最忠心耿耿的僕人、心腹。沒想到對吧？還有二號，我們現在就去帶回來。」

十分鐘後，勞爾和貝舒逮著共犯，共犯已經成功爬行到鴿樓邊，哭哭啼啼，結結巴巴地說：

「是我……對，就是我……夏洛特……但我在那兒沒做什麼……我什麼都沒做。」

「夏洛特，」勞爾大叫，順便噗嗤一笑，「什麼，穿著工作服及粗布長褲的竟是美麗的廚娘！總之，貝舒，恭喜你囉！你的心上人可眞美！但夏洛特仍然是阿諾德先生的共犯！很難相信吧！我也想不到。可憐的夏洛特，我對妳不壞，應該是擊中妳曼妙身軀最多肉的地方吧？貝舒，你會照顧她是嗎？喔！來點清熱止血的紗布，記得包紮得溫柔輕巧，還要常換藥喲……」

勞爾仔細巡視河岸，撿到一條以細布縫製的長布帶，是將兩塊布的布頭縫在一起而成，布帶一邊在岸上，另一邊則浸在水裡。

布帶下方反摺一大塊，做成口袋。

「啊！」他開心叫道，「這想必是漁網啦！爲了捕金魚用的，貝舒。」

譯註：

①巨人卡岡都亞：卡岡都亞（Gargantua），十六世紀文藝復興時期法國作家法蘭索・拉伯雷（François Rabelais）作品《巨人傳》（Pantagruel）之主角，是位巨人。

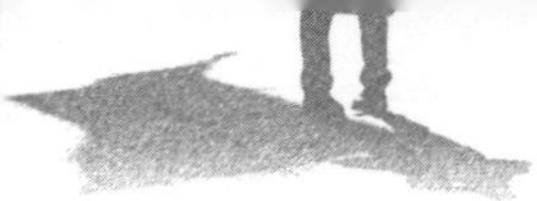

chapter 13

指控

兩名囚犯分別躺在客廳兩張沙發上。子彈硬生生打中阿諾德先生的大腿，他悶哼著叫痛，夏洛特傷勢較輕，子彈僅擦過她的小腿肚。

蓓德虹及凱特琳錯愕地望著兩人，不敢相信自己的眼睛。阿諾德和夏洛特，兩位貼身僕人，獲得全家的信任，幾乎把他們當朋友……竟是罪犯？這見不得光的計謀是他們策劃的？侵入城堡、偷竊、殺人的也是他們嗎？

貝舒臉色很難看，對他來說，這是讓他輕鬆不起來的天大災禍。他俯身靠近廚娘低聲說話，有時穿插著威脅、責備及失望的手勢。

但夏洛特只是聳聳肩，似乎還破口大罵、態度傲慢，惹得貝舒大發雷霆，勞爾連忙安撫他。

「幫她鬆綁吧！老貝舒。你可憐的朋友看來不太舒服。」

貝舒解開綁住夏洛特手腕的皮帶，結果一鬆綁，夏洛特立刻跪在蓓德虹面前，再次爲自己喊冤。

「我在河岸邊什麼也沒做，太太。只求太太能原諒我！太太，您很清楚我還救了阿維納先生一命……」

貝舒聽了猛地起身，心亂如麻的他似乎也覺得那是鐵一般的事實，不禁升起一股莫名的力量。

「是啊！憑什麼說夏洛特有罪？是犯了什麼罪？總之，證據在哪裡？還有阿諾德，他犯罪證據又在哪裡？說得更明白點，罪名爲何？到底想控訴他們什麼？」

貝舒重新振作精神，越講越理直氣壯。他態度激動，語氣挑釁，攻城掠地的，他轉向勞爾，衝著他提出質疑。

「沒錯，我就是問你倒底想指控這位不幸的女士什麼？又想指控阿諾德什麼？你爲他們出現在漲潮線莊園的溪邊感到驚訝，只因他們應該在去巴黎的火車上才對……所以呢？說不定他們就想晚一天出發，這樣也有罪嗎？」

蓓德虹點著頭，大爲認同貝舒的推論，凱特琳則喃喃自語：

「我知道阿諾德……爺爺對他是全心信賴……誰想得到這人竟會殺害蓓德虹的丈夫？蓓德虹

可是爺爺的孫女啊！他爲何要做這種事？」

勞爾非常冷靜地向在場者表示：

「我從未斷言葛森先生是他殺害的。」

「所以？」

「所以，我們等一下會解釋，」勞爾肯定地說。「此案神秘難懂、撲朔迷離，不如大家一塊兒抽絲剝繭，釐清眞相。我想阿諾德先生能幫上忙的，是吧？阿諾德先生？」

貝舒已解開男僕身上的繩索，他勉強倚坐在扶手椅上，平常那張冷淡、盡量保持低調的臉，如今換上滿不在乎、桀傲狂妄的表情，這應該才是眞實的他。

他出聲反擊：

「我什麼都不怕。」

「警察也不怕？」

「警察也不怕。」

「不怕我們把你交出去嗎？」

「您不會這麼做。」

「你這話也算某種招認喔！」

「我不承認也不否認，您這人或您說得話，我全不在乎。」

「妳呢？可人兒夏洛特？」

廚娘聽到阿諾德先生的說詞，似乎恢復些許勇氣，她強烈反駁：

「我也不怕，先生，我什麼都不怕。」

「很好。妳的想法完全受人操控。我們就來理清眞相，看看你們說的是不是實話。我這就直接切入。」

勞爾雙手貼在背上，緩緩踱步。

「雖說直接切入，仍得從頭說起，但我很樂意做個簡單的統整，以便清楚每項事件發生的順序及背後的意義。七年前，也就是蒙特席爾先生過世前五年，他雇了貼身男僕阿諾德先生。阿諾德當時四十歲，是由蒙特席爾先生常往來的供應商介紹的，供應商後來因從事地下投機事業失敗而上吊自殺。阿諾德聰明能幹、野心勃勃，來到老先生家後，大概不知道從哪天起，早就明白有事不單純，新老闆跟老雇主一樣神秘古怪。他照顧老先生的生活起居，三兩下就摸透主人的習慣及癖好，博得信任，不但是他的僕人，還成了實驗室助理及莊園管家，總之，就是不可或缺的左右手。凱特琳，以上部分是根據您對我說過的內容再行陳述，您剛好想到就提了，恐怕也不知道我在套您話。然而，這些回憶常透露出您爺爺總是抱著某種程度的多疑，對阿諾德如此，即便是對他最鍾愛的孫女您也不例外，您甚至沒想過爺爺藏有秘密，及獲悉秘密後可能得到的好處。」

勞爾稍微停頓，看到聽眾個個全神貫注，他又繼續說：

「這些秘密，或者說，這個秘密，就是煉金術。我們是現在才知情，但僕人阿諾德鐵定是當時就知道了，因為蒙特席爾先生並未刻意隱瞞，他甚至還將研究結果拿給公證人貝納先生看，他隱瞞得是煉金步驟，這點才是阿諾德先生不惜代價想得到的。製作秘訣哪裡找？自然是穀倉裡的實驗室，另外鴿樓地下室還有間更隱密的，凱特琳，也是您告訴我的，蒙特席爾先生在裡面安裝電力設備，即是後來我們找到的電線。但要怎麼做金子呢？兩間實驗室該不會只是障眼法？目的就想讓人以為是用來製造金子，其實別有用途？阿諾德先生應該問過這些問題，為了找到答案，他密切注意固執老闆的一舉一動……卻仍舊徒勞無功。

「在貝納先生宣讀遺囑前，我所知甚少，但我相信直到蒙特席爾先生過世，阿諾德知道的不會比當時的我多，而且絕大部分僅限於猜測，經過幾次歸納刪除後，他認為漲潮線區的金子所在地和流經此區的溪流有關，黃金應該就在某段溪流。一開始我就注意到這條清澈的歐赫爾溪，也注意到溪水名稱原始的意義。歐赫爾不就代表黃金之河①？所以我才整天在船上，或到岸邊採集，希望能隨便找到一小片掉落水底或隨潮起潮落漂浮的金屬物。

「當老闆及凱特琳在復活節前後及夏季返回莊園度假時，阿諾德大概就是做跟我一樣的事。除了持續搜索莊園，他也在整個漲潮線區展開「別有收穫」的探查，大家最後封以高帽男子的名號，竊案也不了了之。我敢肯定，貝舒，假如調出發生竊案的日期，喔，我還沒跟你說遭小偷的事，總之我相信會跟阿諾德回漲潮線區的期間吻合。

「後來，蒙特席爾先生驟逝，接著遺囑被偷，我便傾向是阿諾德先生幹的。大概是他告知葛森先生此事，先表示殷勤誠意，舉幾項關於他老闆的細節，最後提出行動計畫。結果即是：葛森先生到漲潮線區，安排樵夫佛薛移植三棵柳樹。此後，不論遺囑何時公開，葛森太太都能按目前溪流劃分的區塊來繼承遺產了。

「兩個男人狼狽為奸，但進度很慢，因為他們缺乏真正有用的線索。溪水必然是接下來行動的重心，黃金就在溪水某處。然而，蒙特席爾先生提到的煉金秘訣附件，遺囑信封裡沒有，阿諾德先生及葛森先生也遍尋不著，這該如何解決問題？

「唯一的線索……假如那算線索，又假如與此案有關的話，就是蒙特席爾先生在遺囑頁面下方記錄的一排數字。線索很薄弱，阿諾德猜想葛森先生還沒研究出數字的意義，搞不好他根本不覺得數字重要，但總得採取行動。凱特琳準備結婚意外加快事情的進展。兩姊妹決定搬回城堡住一陣子。太好了！阿諾德即將前往現場，他立刻寫信給葛森先生。葛森前來後，立即收買公證事務所的職員法摩侯，施以小惠，要他將遺囑偷偷塞進蒙特席爾家的卷宗，然後開始調查城堡莊園……」

「然後被僕人阿諾德殺害！」貝舒大聲嘲諷，丟出第一次與勞爾爭論時同樣的異議。

貝舒接著說：

「謀殺犯作案時，阿諾德先生正在廚房門口，當我衝去有人開槍射擊的鴿樓門口時，他還跟在我後面，結果你說人是他殺的？」

「你講過了，貝舒，」勞爾說，「我再重複一次，順便回答你的問題，僕人阿諾德沒有殺害葛森先生。」

「既然如此，告訴我們兇手是誰，要不就是阿諾德，但你又堅持不是，要不就另有其人，這樣你可無權拿阿諾德沒犯的兇案指控他。」

「沒有兇案。」

「葛森先生不是被謀殺的嗎？」

「不是。」

「那他怎麼死的？難道傷風感冒死的？」

「他是因蒙特席爾先生啓動的連串巧合而喪命。」

「這下可好，結果兇手是蒙特席爾先生，他兩年多前就往生了。」

「蒙特席爾先生性格古怪，常突發奇想，這種個性足以解釋一切。身爲黃金的主人，豈能容忍自己辛苦鑽研、覓得良方的成果遭人奪取。設想一個守財奴，在鴿樓地下室堆滿了數不清的，甚至在蒙特席爾先生看來是取之不竭的財寶，你想這位守財奴不會作足一切防範措施，以便他不在時，也能保護他的財物？然而，蒙特席爾先生在世最後幾年，再也無法承受冬天塞納河沿岸的酷寒低溫，因此在過世前一個夏季，他利用電線在鴿樓入口處，建立一個自動機械防護系統，電線是之前佛薛兒子幫地下實驗室裝置獨立發電設備留下的，老先生的機關是天大的秘密，足以讓企圖開門擅闖者吃子彈，因爲手槍位置正好與人上半身齊高，門一開，子彈便直擊胸口，機械控制，萬無一失。完成傑作後，爲了確保安全，蒙特席爾先生在遭蛀蝕的木橋四周架立告示牌，上頭寫著：『維修中，危險通道，請勿通行。』然後，按慣例，九月底一到，他便關閉莊園，帶走所有鑰匙，與阿諾德及凱特琳一起回巴黎，但就在回去那天晚上，他死於腦充血。

「我相信他的本意並非永遠留著機關，特別在他死後，因爲防護系統沒切斷，就沒人能不碰機關就進鴿樓。然而他卻沒時間終止機關，更來不及揭露黃金的秘密。二十個月過去了，巧得是沒人主動去開鴿樓門，顯然沒人敢冒險經過被蟲蛀壞的木橋到島上。還有一個巧合，濕氣竟未破壞電線，也未損及手槍裡的子彈。總之，葛森先生在得知凱特琳經常過橋卻沒事後，輪到他鋌而走險，當他走進鴿樓，打開樓門，胸口立刻挨了子彈。因此他不是死於謀殺，而是死於一連串因緣巧合。」

兩姊妹聽著勞爾敘述，情緒起伏極大，證據顯示勞爾所言不假，貝舒眉頭深鎖，臉色凝重，男僕微微往前傾，勞爾・阿維納緊盯著他：

「而阿諾德知道這隨時待命的陷阱嗎？據我所知，他從不到島上，是懷疑島上有鬼，不敢輕舉妄動？或只是巧合，因爲他原本就不會主動上島？這我不清楚，唯一能確定的是葛森先生死後，陰謀掠奪蒙特席爾先生財寶的主謀只剩一個。代表司法的預審法官完全無法釐清案情，而代表警界的貝舒警長也好不到哪兒去，從各方面看來，我得說該警長眞是蹩腳透頂。」

貝舒聳聳肩，打斷勞爾：

「閣下是說你立刻就猜到了？」

「是這樣沒錯。既然無人犯下謀殺案，那謀殺便是自己發生的，想瞭解實情，只有一個辦法，所以我就當場測試電線及手槍，隨即得到答案。那麼，回到阿諾德身上，除了能光明正大在莊園內行動，他還得全力避免任何閃失。由於多明尼克·佛薛曾跟蒙特席爾先生工作過，多少知道一些事，應該也猜到某些部分。他話不多，但還是有告訴母親，於是這瘋老太婆便到處亂說三棵『榴』樹的事，還警告凱特琳有危險，這下阿諾德可得提高警覺了。」

「於是，」貝舒冷笑，「阿諾德先除掉多明尼克·佛薛，再解決佛薛大嬸。」

勞爾用力頓足，音量加大：

「不對，你錯了，阿諾德不是殺人犯。」

「但是，多明尼克·佛薛和他母親都被殺啦！」

「他們不是阿諾德殺的，」勞爾講到火氣都來了，「若說預謀殺人才叫殺人的話，阿諾德沒殺任何人。」

貝舒仍舊堅持己見：

「不過，多明尼克·佛薛遭大樹壓死的那天，恰巧是與凱特琳·蒙特席爾約好見面的日子，而凱特琳交代佛薛大嬸轉達約期時，躲在附近的阿諾德或別人，正好偷聽到此事。」

「那又怎樣？難道就不能是自然意外嗎？」

「所以只是巧合？」

「沒錯。」

「那法醫的質疑呢？」

「是錯的。」

「現場找到的木棍呢？」

「聽我說，戴歐多赫，」勞爾語氣稍微平靜下來，「你畢竟不會蠢到讓人牽著鼻子走，你一定可以聽出我推論的重點。多明尼克・佛薛比葛森先生早喪命，因此他的死純屬意外，只是因為剛好發現三棵柳樹被移植，加上佛薛大嬸的預言，才讓凱特琳・蒙特席爾更為害怕。我料想當時葛森先生及阿諾德對遺囑內容已有點頭緒，或者至少對蒙特席爾先生本該附上的補充說明，有大致的想法，有可能已經解開遺囑上的數字之謎。但另一個計畫對僕人阿諾德來說更是當務之急，他想讓恐怖氣氛與日遽增，葛森先生的命案已讓不安升到頂點，結果同一日，接著發生全瘋的佛薛大嬸被埋在樹葉堆一事，但這也無法確定有謀殺意圖。幾天之後，可憐的瘋婆子竟從自家梯子摔落，但也不能肯定是有人故意使她跌下的。」

「是沒錯，」貝舒嚷著：「那僕人阿諾德的計畫究竟是什麼？他目的何在？」

「為了讓所有人離開城堡。他因淘金來此，卻發現他無法去找金子，也不能完成淘金必要的準備工作，除非淨空莊園，在無人注意下，才有辦法。而且城堡裡的人得在特定時間前離開，也就是九月十二日前，為達目的，必須讓這個地方充滿恐怖氣氛，最終必能迫使兩姊妹離開。阿諾德不會殺這對姊妹，因為他並非殺人狂，他只想趕走她們。於是某個晚上，他從窗戶溜進凱特琳臥室，掐住她脖子。你會說這是謀殺，對，不過，是假謀殺。他掐住凱特琳脖子，卻沒將她勒斃，明明有充裕的時間，為何不下手？因為他的目的不在殺人，之後他就逃了。」

「是，」貝舒又嚷嚷著，有理的他會退讓，有問題的也不忘質疑，「你說的對，但如果我們在園林看見的傢伙真是阿諾德，那從他房間開槍射擊的又是誰？」

「共犯夏洛特！對於緊急狀況，他倆已商量好對策。阿諾德先裝死，在我們追上前的空檔，便逃逸無蹤。此刻，阿諾德早就上樓回房，這樣我們回來時，就能遇到拿著步槍下樓的他。」

「但他從哪兒回房的？」

「屋裡有三座樓梯，其中一座在頂樓，當他晚上有所行動時，顯然都是從那座樓梯進出。」

「可是，倘若他真是罪犯，就不該遭到攻擊，夏洛特也是。」

「全是假的！非得不惜一切撇清嫌疑，所以他破壞老橋的木板，假裝失足落水，另外，倉庫的樑木掉落，導致倉庫崩塌，當然，夏洛特毫髮無傷。兩人沒事，唯獨增加恐怖氣氛，姊妹倆再也不願待下。後來因為她們舉棋不定，便再次發生槍擊事件，子彈穿過窗戶，差點擊中蓓德虹・

蒙特席爾，當然，是不可能擊中的。終於，這對姊妹離開城堡，暫居勒阿弗爾。」

「阿諾德和夏洛特也有去啊！」貝舒提醒。

「去了以後呢？他們會說要請假，這假期便足以讓他們在九月十二、十三、十四日三天，偷偷潛入莊園探查。我強烈覺得，或者說經過推理，確信這幾天是關鍵，我藉著公證人召開家庭會議，帶兩位女士回來，當時我認爲兩位只需明確宣布將於十號或最晚十一號離開莊園，即能確保平安。結果從那以後三個禮拜，相安無事，畢竟莊園即將空無一人……

「然而隨著日期一天天靠近，阿諾德卻異常不安，夏洛特大概有跟他密報葛森太太似乎開始打包行李，但他卻越想越不安，離開會不會只是個幌子？該不會突然回來吧？他感覺我不是輕易放棄的人，於是開始擔心。這次他豁出去了，離勝仗只差臨門一腳，儘管面對更嚴峻的威脅攻擊，他絕不退卻。他觀察到我會划船到處晃晃，於是在某個晚上，往我身上推落大石……當時除了我，還有兩位臨時陪我夜遊的女主人。這回眞的是謀殺了，我們能逃過一劫，全憑老天保佑。對方宣戰了，我絕對是心腹大患，非剷除不可。阿諾德密切監視我的一舉一動，不怕極可能暴露行蹤的危險，引誘我跟蹤戴帽子的男人，至此，他孤注一擲，使出殺手鐧。等誘使我掉進花房廢墟的洞穴後，便動手將我活埋。接著開我的車到巴黎（他刻意隱瞞其開車能力），從那兒發電報請二位與我會合，上頭還僞造我的簽名。若不是兩位心生疑竇，他就能如願獨自待在莊園。惱羞成怒的他，發現我成功挖掘逃生地道，於是又把瓦礫碎石全往我頭上倒。如果沒有夏洛特，我早一命嗚呼了。」

貝舒再度起身：

「你看！如果沒有夏洛特，你自己都這麼說，所以夏洛特跟這案件無關。」

「她是共犯，自始自終都是。」

「怎麼可能，她還出手救你。」

「因爲她良心不安！她一直對阿諾德唯命是從、全力相挺、合作無間。但緊要關頭，她不希望鬧出人命，或者說她不希望阿諾德成爲殺人犯。」

「爲什麼？跟她什麼關係？」

「你眞想知道？」

「對。」

「你想知道她爲何不希望阿諾德成爲殺人犯？」

「對。」

「因爲她愛阿諾德。」

「啊？你說什麼？你在胡說什麼？」

「我說夏洛特是阿諾德的愛人。」

貝舒揮舞著拳頭怒吼：

「你說謊！你說謊！你說謊！」

譯註：

①歐赫爾（Aurelle）溪的法文讀音與黃金（Or）之河相近。

chapter 14

淘金成真

僕人阿諾德聽著勞爾一路剖析推演，神色越來越激動，他緊緊抓住扶手椅，靠手臂的力量，撐起上半身，臉部肌肉因專注而緊繃，勞爾的話，每一句都牽動他的神經，他屏氣凝神，沒吭聲半句。

「你說謊！你說謊！」貝舒還在大吼大叫，「給一位無力辯護的女士扣上侮辱的帽子實在太可惡了」

「什麼！」勞爾反駁道：「她想提出任何答辯都沒問題，儘管放馬過來。」

「她才不屑，我也是。她是無辜的，阿諾德也一樣，你剛才所言或許合情合理，連我都覺得是眞的，不過，那些故事無法套用於他們身上。你聽好，我要嚴正駁斥你的指控，而且，我將以本人職權及經驗擔保他倆無罪。」

「拜託！你要怎樣才信？」

「證據！」

「一項夠不夠嗎？」

「可以，但得是鐵證才行。」

「那麼阿諾德的供詞算不算鐵證？」

「當然！」

勞爾走近男僕，面對面直盯著他問：

「我說得完全屬實，對吧？」

男僕低聲回答：

「從頭到尾，一字不假。」

他語氣驚愕，表情困惑，重述一次剛才的話：

「從頭到尾，一字不假。聽起來像是兩個月以來，你不但看著我行動，甚至透視我全部心思。」

「你說對了，阿諾德。我沒看到的，就自己推敲，你的人生在我看來脈絡分明，現狀足以解釋過往，想必你待過馬戲團，練就一身雜耍絕活兒，對吧？」

「對，沒錯。」阿諾德答道，神情有些恍惚，似乎懾服於勞爾的神機妙算。

「沒錯吧？你會軟骨功，可以拉長身軀，好鑽進窄小的桶子？雖然現在有點年紀了，但若有必要，你還是能從外頭，藉由管線及屋頂攀爬進自己的房間，是嗎？」

「是，正確。」

「所以，我沒弄錯囉？」

「沒有。」

「千眞萬確？」

「千眞萬確！」

「還有，你是夏洛特的愛人對吧？她聽從你的意思把貝舒迷得神魂顚倒，她找來貝舒，就爲了讓你在警方庇護下自由行動是嗎？」

「對……對……」

「另外，夏洛特會將女主人對她說的話，轉述給你聽，包括關於我查案的進度？」

「對……是的……」

隨著男僕證實勞爾列舉的特定細節，貝舒火氣越來越大，他白著臉，踉蹌走上前，一把抓住男僕衣領，惡狠狠地開罵，甚至氣到有點口齒不清：

「我要逮捕你……送你上法庭……你犯的罪……直接跟法官說去！」

阿諾德搖頭冷笑，嘲諷地說：

「不……最好不要……送我上法庭，就等於送夏洛特上法庭，此事應非您樂見，再說，葛森太太，釀成醜聞也會連累凱特琳小姐，阿維納先生不會讓這種事發生。阿維納先生，您不是具主導地位，貝舒還得聽令於您嗎？難道您不打算阻止一切不利於我的行動？」

看來他想挑戰勞爾，而且萬一對方不退讓，他亦做好迎戰準備。勞爾何嘗不知蓓德虹是她先生的共犯，而這事只要有稍微洩漏，勢必嚴重打擊姊妹情感！若將阿諾德移送法辦，蓓德虹更得承受名譽掃地的壓力。

勞爾・阿維納未多遲疑，即表贊同：

「我們也這麼認爲，鬧成醜聞非明智之舉。」

阿諾德先生追問：

「所以，我不用擔心被秋後算帳？」

「不用。」

「我自由了？」

「是，你自由了。」

「那麼，說起來，您能在短時間內了解眞相，有很大部分是我的功勞，所以未來若有好處，我有權拿走我那份。」

「啊！那可不行！」勞爾忍不住笑出聲，「你太過份了，阿諾德先生。」

「那是您覺得，我可不認爲，反正，我要定了。」

最後幾個字鏗鏘有力，聽起來不像開玩笑。勞爾打量男僕那張毫不妥協的臉，暗自擔心。難不成敵人握有什麼秘密武器，因此有恃無恐？他彎下腰，低聲說：

「你想威脅我？憑什麼？你倒說說看。」

阿諾德耳語道：

「憑兩姊妹愛的都是您。夏洛特能作證，她全看在眼裡，機靈得很。姊妹倆爲了您常發生嚴重口角，卻不懂自己到底哪根筋不對。只有一個字能解釋原因，害她們成了不共戴天的仇人。要我說出那個字嗎？」

勞爾靠近他，賞了他一記老拳當作教訓。但他隨即覺得出手打人，不過是逞一時之快，只要男僕說破一切，他麻煩可大了。他不是不懂姊妹倆對他的情感，今早，蓓德虹那記深情之吻，由不得他裝傻，此外，他也經常感受到凱特琳眞心付出的溫柔情意。然而這些女人心事，這些糾葛情緒，他寧願順其自然，不主動提起，免得讓甜蜜及曖昧變了調。

「沒人想這樣，」他心想，「一旦攤在陽光下就走味了。」

於是，他愉快地嚷道：

「確實，阿諾德先生，你說的不無道理。敢問你那頂大帽子是什麼材質？」

「布製的，方便我收進口袋。」

「那雙大鞋子呢？」

「橡膠做的。」

「所以你走起路來才會無聲無息，而當你滑溜的上半身鑽進裂口時，鞋子也能順利通過？」

「沒錯。」

「阿諾德先生，你可以在布帽及橡膠鞋裡裝滿金子帶走。」

「謝謝。我會知無不言，協助您尋得黃金。」

「用不著。你放在溪裡的絨布袋空空如也，你已經失敗了，我自己就能找到金子。再問最後一個問題，是誰解開蒙特席爾先生寫下的數字謎團？」

「是我。」

「什麼時候？」

「葛森先生死前幾天。」

「所以你就照謎底行事？」

「對。」

「很好……貝舒！」

「幹什麼？」警長悻悻然答腔，餘怒未消。

「你還堅持這兩位朋友是無辜的嗎？」

「絕對不可能。」

「好極了。那你就負責看管、照料、餵飽他們……在我完成工作前，別讓他們離開客廳一步。雖然沒綁著他們，乍看之下是自由之身，但料他們四十八小時內也動不了。接下來會很不方便，各位少了他倆服侍，就分攤點家務吧！晚安，我要去睡了。」

僕人阿諾德攔住他：

「您怎不從今晚開始去碰碰運氣呢？」

「瞧，我發現你一知半解就貿然行動，完全沒抓住數字眞正的含意。問題不在運氣好壞，阿諾德先生，而在是否掌握關鍵。只是……」

「只是什麼？」

「今晚風不夠大。」

「所以，明天晚上才去？」

「不，明天早上。」

「明天早上？」

阿諾德先生的驚訝代表他眞的沒弄懂數字奧秘。

倘若需要刮大風才有辦法淘金，那麼勞爾可說如有神助，因爲整夜都能聽到狂風的呼嘯咆哮。清早，勞爾才換好衣服，即從走廊窗戶觀察外頭風勢，樹木被風吹得東倒西歪，吹得是西風，從塞納河河谷那頭過來的，刺骨無情、喧嘩吵鬧，攪亂溯自水流匯集處的大河。

勞爾在客廳找到兩姊妹，她們已經準備好早餐，貝舒從村裡帶回一些麵包、奶油及雞蛋。

「這些食物要給你兩位友人吃的嗎？」

「他們吃麵包就夠了。」貝舒滿臉不悅。

「看吧！早叫你別一下付出太多……」

「那兩個下流胚，」他發著牢騷，「爲了保險起見，我把他倆的手綁起來，關門上鎖，反正他們也無法走路。」

「你有拿紗布幫他們包紮傷口嗎？」

「你瘋了不成，他們自己看著辦吧！」

「所以你站在我們這邊囉？」

「廢話！」

「太好了！終於迷途知返，選對邊啦！」

大夥兒一起享用了早餐。

九點時，一行人冒著風雨外出，外頭烏雲密佈，大雨滂沱，強風陣陣，這等狂風暴雨似乎故意找麻煩，想迫使他們知難而退。

「漲潮了。」勞爾說，「表示即將打雷，暴風雨會激起波濤，加快漲潮速度，等風勢稍歇，雨勢應該就減弱了。」

他們行經木橋，來到島上，右轉抵達鴿樓。照慣例，勞爾早在一個月前便打好鴿樓的備份鑰匙，隨身帶著。

勞爾打開鴿樓門，他已事先修復裡面的電線，電力運作正常，他開了燈。

地板的活門裝有堅固的鎖頭，但勞爾同樣有鑰匙。

兩姊妹及貝舒下樓進入地下室時，燈是亮的，他們發現一把凳子，勞爾指向樓梯對面的牆壁，那兒有一張鐵絲做成的篩網，網眼同一般針織掛毯那般細密，篩網幾乎跟牆面一樣寬，至少有四十公分高，四周還加裝鐵框。

「阿諾德先生的點子不壞，」勞爾說，「拿兩塊布頭尾縫合，做成一個口袋，可用來過濾溪水篩金，但布會隨水漂流，無法固定在河底，這才是關鍵。蒙特席爾先生這個裝有鐵框的篩網就沒這問題。」

他爬上凳子。地下室最高的地方，正好在水平面上方一公尺的位置，那兒有個長形槍眼，槍眼裝有玻璃門，上面積滿了灰塵。勞爾打開玻璃門，風一下子灌入，帶進外頭的新鮮空氣及汩汩水聲。在貝舒協助下，他將鐵篩網順著槍眼滑出鴿樓，同時把篩網的支架插入固定在歐赫爾溪左右岸邊的兩支木樁內，木樁中心鑿有滑槽，勞爾確定篩網支架與木樁吻合後，才放手讓篩網掉落。

「好，」他說，「篩網就像這樣直達河底，攔阻水流，跟漁網捕魚的道理相同。另外要注意的是，篩網雖是近期製造的，但有滑槽的木樁卻年代久遠，恐怕有一、兩百年之久。表示在十八或十七世紀那年代，漲潮線區的領主就已熟知整個流程，而且實行方法可能比我們知道得更複雜。」

一行人離開塔樓，雨勢變小了，在河岸兩邊可看到陷於砂石淤泥中的木樁，頂部皆已磨損，因爲還有別的木樁，所以並不會特別注意這兩根。

此刻，歐赫爾溪水位極低，停止流往塞納河。短暫的平靜後，想流回原本河道的水流率先發難，開始衝撞大河，湧潮激起的撞擊聲清晰可聞。四周又刮起大風，風勢加大，在潮汐強大的推進下，大浪只得一波波湧進塞納河，由於大量水流擠進河谷，造成流速加快，引發漩渦。

至於歐赫爾溪，先按兵不動，輪到它時，才挾塞納河及大海匯集而成的無敵波濤進攻，然後借力使力，利用比它強勢的波浪，順勢上漲，但接下來卻節節敗退，退居灘頭，水位再度下降，只是過沒多久，又突然重新流往源頭。

「多麼奇特的景象！」勞爾喊道，「我們運氣不錯，我敢說若非風強雨驟、水勢湍急、潮流凶猛，很難見到這種奇景！想全盤了解，可不能錯失任何細節。」

他再次強調：

「全盤了解！確實有幾分鐘時間，能讓我們憑肉眼就觀察出決定性的因素。」

他跑過小島，來到對岸，爬上通往岩石群頂端的斜坡，停在阿諾德先生從他雙手溜走的地方，他俯身看向位於岩石群及羅馬丘間的狹窄峽道，一股水流漲湧至峭壁半山腰後，分支繞過羅馬丘，狹小的峽道只有一處細窄的出口，水流紛紛掙扎通過，形成一道細長瀑布，落往種著三棵柳樹的草地區。

其他支流則持續往峭壁上方進攻，除了狂風推波助瀾，宛如陷入瘋狂的雲堆猛降滂沱陣雨，也助長水流漲勢。

貝舒和兩姊妹擠到勞爾身邊，學他看著峽道。勞爾喃喃自語，不時吐出幾句簡短句子，表達內心的想法：

「就是這樣，跟我預期得差不多。若事情持續依我的假設進行，一切便說得通了。也不太可能有別種結果……萬一有，未免太不合邏輯……」

半小時後，遠處塞納河河面，呈現一道靜止的曲線，慘烈的戰役已然結束，千軍萬馬帶走狂風暴雨，留下寬闊大河，儘管餘波蕩漾，流速已慢了不少。

又過了半小時，小溪也很快平靜下來，小溪在凌厲攻勢下膽戰心驚，不敢輕舉妄動，現在從源頭處出發後，只想重返原先的河道。本來幾乎遭包圍的羅馬丘，也逐漸驅除漫溢四周，由上百支細流匯集成的水流，水流沿著青草地而行，或遊蕩於羅馬丘底座的裂口之間。水位快速下降，歐赫爾溪流速變快了，重啓流入大河的宿命。

天地又回歸尋常樣貌，雨停了。

「很好，」勞爾說，「我想得沒錯。」

一直保持沉默的貝舒，此刻開口反駁：

「既然如你所想，就該一併找到金子。你拉緊鐵網，按正統方法淘金，繼續阿諾德未達成的企圖，還說萬事皆備，對你相當有利。結論就是，一定能找到黃金。那麼金子呢？」

勞爾趁機挖苦他：

「你就只關心黃金喔？」

「當然啊！你不也是嗎？」

「我可不。但你會這麼想，我完全不意外。」

他們沿著岩石群的小徑往下，返回小島，來到鴿樓旁。

勞爾坦言道：

「我不太清楚蒙特席爾先生最終是如何採集黃金，也不知道他是否能百分之百採集。不過，有鑑於非得在天時地利、必要條件缺一不可的情況下，才有辦法汲取黃金，我想產量應該相當稀少。總而言之，他必定使用過裝設閥門及排水管等方法，只是我沒時間找出及重建這些裝置，但最起碼我發現用來阻擋水流的篩網，還在城堡頂樓，找到名叫袖管式撈網的用具。幫我拿一下，貝舒，就在那棵樹根旁邊地上。」

那把袖管式撈網，以鐵圈及網子做成，但網子的部分爲鐵製，同篩網一樣，都有相當細密的網眼。

「貝舒，你應該非常不想潛進水底吧？眞的不願意？那就用撈的，老朋友，順著攔水篩網底部刮取。」

「靠近溪水上游這邊嗎？」

「對，因爲黏在另一邊篩網上的金粉，早被順流而下的溪水沖走了。」

貝舒照辦。袖網很長，儘管他站在岸邊大石上，一樣能達溪水四分之三深的地方。待袖網沉入水底，貝舒拖著袖網，沿篩網鐵框邊刮取。

眾人全都屏氣凝神，終於來到重要時刻，勞爾的預測是否正確？蒙特席爾先生是否眞在這細石水草遍布的河床採集到珍貴粉末？

貝舒完成任務後，舉起袖網。

鐵網上有砂石、水草，而且，還閃閃發亮，那是黃金粉末及少數黃金碎片帶來的璀璨光芒。

chapter 15

總督的財富

「你看，」勞爾回到城堡，走進關著男僕及夏洛特的客廳，他倆被分別綁在兩張沙發上，看起來不太舒服，「瞧，阿諾德先生，我承諾給你的部分在這兒，夠裝滿半頂帽子了，至於剩下的，只消到河裡刮取即可，地點你的朋友貝舒會指給你看，如此你的小聖誕木鞋也能滿載而歸啦！」

男僕雙眼一亮，既然他知悉蒙特席爾先生的秘密，就能獨自待在漲潮線區，繼續實行有效的採集方法。

「別太高興，」勞爾說，「明天……今晚……我就會讓財寶源頭枯竭，你應該會很高興已經先一步拿到事先談好的大禮。」

大家全身都濕透了，先各自回房更衣，再一塊兒吃午餐。勞爾心情極佳，天南地北聊了許多，但渴望知道更多詳情的貝舒卻頻頻逼問他案情的事：

「所以這一連串事件水落石出，簡單來講就是：溪水本身含金，但產量極少，只有在某些條件及特定日期下，水流才會捲起較大的金塊，尤其會堆積在塔樓四周，是這樣對吧？」

「非也，老朋友，你完全不懂這了不得的字眼：信念。那是漲潮線區歷任領主最原始的信念，再傳承至蒙特席爾先生，或者是他自行發掘的信念，也是阿諾德先生的信念。一個人若有創新精神，當然你是沒有，就絕不會半途而廢，必定追根究柢，直至揭發眞相。而我除了擁有創新精神，也是整起事件中，第一個鍥而不捨的人，你想加入嗎，貝舒？」

勞爾從口袋裡拿出一張紙，上頭抄寫著蒙特席爾先生列下的那排數字，他大聲唸出：

「3141516913141531011129121314。

「假如仔細檢查這份文件，就會看出每兩個數字會出現一次『1』，按此規律能排出四組系列數字，每組內含的數字剛好兩兩成對，交錯出現，而分隔四組系列的數字是『3』和『9』，各出現兩次。故刪除位在中間的數字，可以得到

「14、15、16∴13、14、15∴10、11、12∴12、13、14。

「如此，就我想到的諸多假設中，自然便認爲這些數字代表日期，用來隔開數字的『3』及『9』則代表某個月份，即三月和九月，也就是蒙特席爾先生固定待在莊園的兩個月份。每

年三月多他會回漲潮線區，等到九月中旬還會再來一次。因此我們姑且相信，兩年前，當蒙特席爾先生啓程返回巴黎前，已寫下這四組連續的日期，並加以註解，類似摘要的形式，表示溪水將會或能夠在這幾天貢獻幾許黃金，確切日期便是去年的三月十四、十五、十六日及九月十三、十四、十五日，還有今年的三月十、十一、十二日及九月十二、十三、十四日。九月十二日是昨天，十三日是今天，所以阿諾德先生才忙著執行計畫，他認爲蒙特席爾先生就是根據古老的訊息，根據幾世紀以來的古老傳說，才能在預定時間，靠著經驗成功淘金，而且當老先生在特定日期取得黃金後，便了解往後同樣的日子都有金子可拿。阿諾德堅信不疑，輪他上場時，他便立即行動。」

「所以，阿諾德沒弄錯。蒙特席爾先生標註的期間便是絕佳時機。」

「爲什麼那是絕佳時機？」

「我也不知道。」

「笨蛋！你跟我一樣都知道原因，而我一開始就猜到了。」

「是什麼？」

「大潮的日期，超級大笨蛋！就是春分及秋分，每年有兩次，塞納河漲潮得特別厲害，早晚各一次，持續好幾天。春秋分時的漲潮若再加上狂風，更能助長湧潮加劇，你很清楚需配合特定條件才能成功撈金，但想萬事具備是可遇不可求。」

「所以當各項條件出現時，」貝舒仔細思索後說，「那些漂浮於溪水或隱藏於水底暗洞的金片，便會開始移動，最後沉積在我們發現的地點。」

勞爾用力敲桌。

「不，不，千百個錯。不是這樣。你犯得錯，跟那些知道秘密，甚至想利用秘密致富的人一樣。其實另有眞相。」

「你快說呀！」

「本國沒有哪個城鎭的河流眞能沖積黃金，溪裡確實有黃金，但並非天然形成，而且河床本身不是沙質，也未覆蓋小石子。」

「那我們在溪旁看到的黃金到底從哪兒來？」

「有隻無形的手放的。」

「什麼？你瘋啦！會有隻無形的手，每次在大潮沖刷金粉，讓人汲取殆盡後，再補上黃金？」

「不，是有隻無形的手先存放大量黃金，多到無論歷經幾次大潮，都取之不盡。黃金河床並非因物理或化學的力量所致，而是人爲堆積造成的。我們目睹的不是蒙特席爾先生深信的煉金術，也不是他或其他人認爲的，有天然生成的黃金，而是名符其實的寶藏，一份當天時地利人和時，會慢慢流洩而出的寶藏。」

貝舒思索幾分鐘，接著回應：

「完全想不通，再解釋清楚點。」

勞爾露出微笑，望著熱切聆聽的兩姊妹解釋道：

「我認爲，整個過程可分爲兩階段，第一階段，有人將大量財寶裝進堅固的容器後密封，放置於某處，這樣的容器有數十個，擺了好幾年……由於每隔一段時間，便會遭到突如其來的外力破壞，經年累月下，容器損壞出現裂縫，細片粉末便跑出容器外，此爲第二階段。至於何時開始流洩，又是誰率先取得這些重見天日的微量黃金？我不知道。但我覺得，很可能只要查閱研究本地貴族或教區的檔案，即能了解此事。」

「這我知道，」凱特琳笑著說。

「眞的嗎？」勞爾・阿維納興奮地大叫。

「眞的。爺爺有份一七五〇年繪製的區域圖，我想現在應該留在巴黎住處。當時小溪不叫歐赫爾，一七五九年時，小溪的名字還叫『鹹沙嘴』。」

勞爾很得意。

「鐵證如山囉！由於藏寶處發生寶藏外流的情形，不到半世紀光景，那條叫鹹沙嘴的鹹水溪便因某些理由慢慢被人叫成歐赫爾。改名的動機早被遺忘，大概因爲事實太稀奇，不常見吧！然而，暴風漲潮、沖積黃金仍持續發生，直至今日讓我們親眼目睹。」

貝舒似乎被說服了，他開口道：

「剛剛請你詳細說明，你說明了，那麼現在麻煩做個結論吧！」

「結論當然有，戴歐多赫。你剛也看到名字多麼重要，尤其在鄉下，任何一個地點、山丘或河流的名稱皆有典故，而隨著年代久遠，留下的只剩名字，典故早已失傳。我來莊園頭幾天，就發現這不變的定律，於是特別留意羅馬丘，才會在頭幾天忙著檢視山丘構造，隨即查出那是羅馬人所謂的墳塚，並非天然形成的山丘，是人工搭建的圓錐狀土堆，以碎石為底座，往上交錯堆疊泥土與大石。土堆中央蓋有多間墓室，一般來說為喪葬之用，然而也有人拿來藏匿武器，或當成銀器、黃金的保險箱。數個世紀以來，墳塚下陷，內部恐怕已崩塌，表面覆蓋了一層厚厚的植披，只因過往歷史，徒留羅馬丘之名。總之，我一直密切注意此地。

「或許也因此聯想到寶藏，聯想到貴重金屬漏失的可能性。墳塚外圍三側臨水，由蜿蜒小溪包圍，其構造強化了我的假設。各位剛才也看到我多麼急著想證明眞相，事實證明，本人看法正確，溪水先上漲至峭壁及山丘之間，形成一個蓄水池，儼然一座水位較高的水庫，然後當水位達到一定高度不再增加，且開始往下，找尋任何可能的出口流出時，水庫的水必然傾洩一空，而羅馬丘佈滿缺口、坑洞、縫隙、裂痕，宛如一副大型濾水器。於是，水流經過這些洞口時，連帶攜出金粉及小片黃金，我們在類似攔水壩功能的篩網上汲取到的金子就是這麼來的。」

勞爾沉默了一會兒。這段離奇始末經過他的說明，終於眞相大白，說到底並不複雜，且有其脈絡可循，在場者未提出半點異議。貝舒自言自語道：

「眞是個不太安全的藏物處……墳塚偶爾會讓水流包圍耶……」

「誰想得到？」勞爾大聲說，「塞納河河口總是變動劇烈，當時，墳塚或許單獨蓋在強潮無法達到的地點，再說也沒打算永遠藏著財寶，把財寶藏起來是爲了方便某人取用及看管，在發生意外威脅時得以因應。但秘密常常就是一開始順利傳承，最後就失傳了。後代不再知道金庫確切的位置，甚至沒留下任何開啓金庫大鎖的線索。各位記得法國歷任國王暗藏在埃特爾達海針①的財寶，以及中世紀埋藏於朱密日修道院②附近的教廷財寶，現在怎麼樣了？這些傳說已經在某年某月，由一位思慮比他人縝密的天才破解，讓傳說具體成眞。如今，在諾曼地省科區同一處城鎭，這座總是發生伴隨冒險犯難、混雜巨大國家秘辛傳說的法國古老城鎭，我們就經歷了足以豐富生命，且饒富趣味的難題。」

「此話怎講？」

「是這樣的，羅馬人稱利里博恩爲『朱利亞博納』，是座重要城邦，其於高盧羅馬時期的繁榮程度，可由古代戲劇中一窺究竟。事發之因出自某位在利里博恩附近擁有鄉間住宅、在哈迪卡提爾擁有別墅的行省總督，將私人財產藏進這座古代墳塚。他把那些巧取豪奪來的黃金磨成粉，搬入可能是由凱薩大帝軍隊建造的墓室內，後來，他可能在某次探險或狂歡時猝死，根本來不及將秘密告知兒女或朋友。接著時空走入中世紀的混沌時期，國家動盪不安，除了應付東侵北擾，還得對抗宿敵英國人。黑暗吞噬一切，傳說亦難以倖免，也沒人深入探究。直到十八世紀，微量金粉開始漏出容器，過往片段才稍現芳蹤……導致了之後的發展……蒙特席爾先生……葛森先生……」

「然後換你登場！」貝舒用一種偶爾會對勞爾表達崇拜欽佩的語氣，低聲說道。

「是的，然後換我登場！」勞爾愉快地回應。

兩姊妹也像見著什麼奇人般盯著勞爾看，覺得他實在超越凡人的境界。

「現在，」勞爾起身，「該幹活兒了！總督的寶藏不知道變成什麼樣子，體積或許不大，可能原本就很細微，也可能是逐漸受潮水沖刷崩解，再被帶到未知的地方。無論如何，先實地勘查再說。」

「怎麼做？」貝舒問。

「打開墳塚即可。」

「那要花好幾天功夫啊！得將樹連根拔除、開路挖掘、移開廢土，更別說不能找人幫忙了……」

「這事只要一、兩個小時，頂多三小時就夠了。」

「啥？怎麼可能？」

「是啊！如果我們認同墳塚被當成保險箱，那應該也能認同保險箱不會擺在地底深處，而會放在隱密、不啓人疑竇、但容易進出的地方。當我搜索荊棘叢時，發現堆疊羅馬丘的第一層大石，離地面約一公尺的地方有點突出，顯然過去是條狹窄的環形走道。另外也發現，在面向城堡這側，茂密攀延的常春藤底下，有一處圓形內凹的空間，應該是用來安置智慧女神米涅娃或天后朱諾的雕像，神像矗立此處，有守護及指引的意義。貝舒，帶著十字鎬。我也帶一把，假如沒弄錯，咱們應該很快就能揭開藏寶秘密。」

他們到放置園藝工具的儲物間，選了兩把十字鎬，接著來到羅馬丘附近，兩位女士也一同前往。

他們拔除依舊潮濕的樹根與荊棘，清出一條小徑，圓形凹陷處跟著映入眼簾，其底座礫石已腐蝕損壞。

這毀損的遮蔽處做工精細，別有洞天，眾人甚至發現馬賽克鑲嵌的遺跡，原本連接在柱座上的應該就是雕像。勞爾和貝舒集中火力，挖掘此處。

水從挖掘處湧現，填滿地上的坑洞，再緩緩滴落溪流。沒多久，其中一把十字鎬便挖到隔板，並敲開一個口子，底下似乎是空心的。兩人奮力挖大裂口，勞爾打開提燈照明。

如他所料，他們找到一處相當深的洞穴，正好是一個人站立的高度，大概是做墓室之用。洞穴中央有柱子支撐天花板，柱子旁則圍放著三只陶甕，陶甕來自普羅旺斯，陶土塗有釉彩，甕身寬大，法國南部的居民會拿來存放油品。陶甕壞了大概四分之一，掉落的碎片佈滿濕黏的地面。

黃金閃耀著點點光芒。

「跟我剛剛說得一樣，」勞爾道，「你們瞧這座小洞窟的牆上……到處是裂口縫隙。大潮之後，水開始滲透其中，聚積成無數小瀑布，水會自行找路，或者乾脆自行開路，而不管是顆粒狀或片狀黃金，便跟著從出口流出。」

大夥兒情緒激動，好半晌說不出話來，他們靜靜環視這一千五百年或兩千年前，先人藏匿寶物的陰暗密室，而這段漫長歲月，竟都沒人進來過。此處積累多大的秘密啊！如今能再度覓得又是多大的奇蹟！

勞爾用十字鎬的尖端敲碎三只陶甕的甕頸，然後舉起提燈依次察看甕底，每個陶甕都裝滿金子，片狀、顆粒、粉末，滿滿的黃金！他伸出雙手，抓了滿手黃金，再任由金子從他手裡傾洩而下，在燈火照耀中，澄黃色澤閃閃發亮。

貝舒一句話也沒說，他為眼前景象所震攝，雙膝一彎，跌坐在地。

兩姊妹同樣沉默不語，只是撼動她們的並非發現黃金，在她們心中留下深刻印象的，甚至不是存在千百年的寶藏秘密，也不是那些古往今來，令人目瞪口呆的輾轉波折。不，她們另有所思。當勞爾低聲詢問兩人想法時，其中一人答道：

「我們在想您，勞爾……您眞是個奇人……」

「對，」另一個接著說，「無論您做什麼，都是輕而易舉，談笑風生……我們無法體會……

眞是乾淨俐落、卓越出色……」

勞爾輕聲回應，小聲到姊妹倆以爲勞爾是對自己說話，只有自己聽到：

「當想討心儀的對象開心時，什麼都很容易。」

現在只等天黑，在昏暗天色的掩護下，再行搬動財寶，不然誰知是否有人在旁偷看？時候一到，勞爾從羅馬丘拖走兩大袋爆滿的財寶，走到車邊放置，然後再與貝舒合力堵住洞口，盡量清除挖掘過的痕跡。

「明年春天，」勞爾說，「大自然會負責善後，掩蓋一切，那時沒人會進莊園，所以除了我們四位，永遠不會有人知道溪流的秘密。」

風停了。次一波漲潮出現在九月十三日，但威力減弱，可想而知，等到九月十四日的兩次漲潮，應該只能將水流推升到一般高度，無法氾濫整個羅馬丘。

午夜時分，凱特琳及蓓德虹坐在車上準備離開。勞爾去向阿諾德先生及夏洛特說再見。

「好啦！兩位小寶貝還好嗎？坐得不會太難過吧？喲，美麗的夏洛特，妳好像還在叫痛啊？兩位給我聽好，我讓你們和兼具護士、大廚、女伴及獄卒等身份的戴歐多赫・貝舒，一起再待四十八小時，貝舒將會徹底搜查溪流，並如兩位所願，刮取黃金層。之後，他會送你們去搭火車，你們可以在口袋裡裝滿金塊錢財，並懷抱感恩善念離去。我相信你們不會來騷擾女主人，會到別處享樂直到升天。一言爲定，阿諾德先生？」

「沒問題。」對方一口答應。

「太好了。我相信你有誠意，你知道我這人言出必行，也見識過我的能耐，對吧？所以大家井水不犯河水。可愛的夏洛特，妳也同意嗎？」

「是的。」她回答。

「很好，萬一某日妳離開阿諾德先生身邊……」

「她不會離開我的。」男僕嘀咕著。

「爲什麼？」

「我們結婚了。」

貝舒握緊拳頭咆哮著：

「混帳！妳還要我娶妳！」

「看你囉！老朋友，」勞爾說，「也許這位美麗的女孩樂意擁有兩個老公啊！」

他把貝舒拉到一邊，滿臉嚴肅地說：

「貝舒，同樣是曖昧糾葛，我倆的遭遇可謂天差地遠。現場有兩個壞蛋及兩位貴族女士，在社會道德規範下，你選誰？壞蛋！我呢？貴族女士！啊！貝舒，得到教訓了吧！」

然而貝舒現在根本不在乎道德問題，他滿腦子只爲勞爾破解離奇謎團而震驚不已。

「所以，」他說，「你光看蒙特席爾先生遺囑上那排數字，就能猜出那代表一串日期，然後找到日期與春、秋分大潮的關係，再透悉大潮高漲後，能夠攻破藏金密室，最後發掘眞相？」

「光靠數字還不夠，貝舒。」

「那還靠什麼？」

「也沒什麼。」

「啥？」

「靠天分囉！」

譯註：

①埃特爾達海針（l'Aiguille d'Étretat）：中空的海針（譯注：埃特爾達是位於諾曼地的小鎮，其濱海之岩石峭壁蔚為奇觀，其中一座矗立海中的岩石，稱為「海針」，傳説內部中空，是亞森羅蘋藏寶之處。）

②朱密日修道院（l'abbaye de Jumièges）：參閱《魔女與羅蘋》（La Comtesse de Cagliostro）

chapter 16

尾聲：愛情抉擇

三個禮拜後，凱特琳出現在勞爾・阿維納位於巴黎的住家門前，開門的是一位女管家模樣的老婦人。

「阿維納先生在嗎？」

「在，我該通報誰來訪呢，小姐？」

凱特琳還來不及考慮是否報上大名，勞爾已經現身開心大叫：

「是您啊！凱特琳。眞高興您來！發生什麼事嗎？昨天在您府上，怎沒聽您提起要來？」

「沒事，」她回答，「只是有些話想跟您說……五分鐘就好。」

勞爾帶她到書房，六個月前凱特琳曾待過這房間，當時的她，猶疑驚慌，爲懇求勞爾幫忙而突然造訪。當然，現在她的神情不再像被追捕的小動物一般無助，當初也是這無助神情令勞爾怦然心動，卻依然遲疑不決。她開口講了些不著邊際的話，顯然與她前來的眞正動機無關。

勞爾握緊她的雙手，直望著她的眼眸。凱特琳迷人可愛，爲能待在勞爾身邊感到幸福，她臉上掛著微笑，態度卻相當嚴肅。

「您就直說吧！親愛的小凱特琳。您很清楚對我無須防備，我是您的朋友……甚至比朋友更好。」

「比朋友更好？什麼意思？」她低聲問道，臉頰飛上一朵紅暈。

這下輪到勞爾尷尬萬分，他大概觸動對方心弦，惹得對方準備向他告白，而他自己則得想辦法在這節骨眼上脫身。

「比朋友更好……」他解釋道，「就是我關心您比關心世上任何人都多。」

「比世上任何人都多？」她複述這幾個字，表情天眞卻堅毅。

「對，就是這樣。」勞爾回答。

凱特琳直言：

「一樣多還說得過去，絕非比世上任何人多。」

雙方陷入沉默，一會兒，凱特琳突然以堅定的口氣低聲說：

「這段時間，蓓德虹和我聊了許多……我們一直很愛對方，但人生就是這樣，年齡的差距、蓓德虹的早婚，迫使我們分開。而過去六個月的危機事件，讓我們重新貼近彼此，重拾姊妹情深……但我們之間卻卡了某件事……」

凱特琳垂下眼睛，侷促不安，但她猛地抬起雙眼，勇敢地把話說完：

「我們之間，勞爾，多了您……沒錯，就是您。」

說罷，凱特琳默然。勞爾感到緊張焦慮，卻仍然舉棋不定。他怕傷害凱特琳，或因為凱特琳而傷害蓓德虹，他突然覺得自己的角色眞是吃力不討好。他輕聲說：

「我愛您，也愛她。」

「也就是說，」她很快答道：「您對她和我……毫無二致，換句話說，您並未愛誰比較多。」

勞爾作勢反駁，但凱特琳出聲阻止：

「不，不，您就別否認了。我倆對您的感情，不論是蓓德虹或我，您不可能完全沒有感覺……但您回應的方式卻是同時投注情感在我們姊妹身上。在城堡那兒，您為了她，也為了我而戰鬥，為了與我倆皆相關的理由戰鬥，您根本無法放開任何一位，甚至不能忍受有哪一個不在。倘若眞心愛上某人，不該如此……您回巴黎後，每天都來探望我們，我們姊妹之間，無謂虛榮與嫉妒，只一心等待您的決定。然而現在我們知道不會有什麼決定，您一直同時愛著她跟我。所以……」

「所以？」勞爾問，喉頭有被揪緊的感覺。

「所以，既然您無法抉擇，只好換我來告訴您我們的決定。」

「決定是？」

「我們選擇離開。」

勞爾一聽，急得跳腳：

「這太荒謬了！你們不能這麼做……怎麼，凱特琳，您想離開我嗎？」

「非得如此。」

「但無論如何，」勞爾抗議，「我都不同意。」

「為什麼不同意？」

「因為我愛您。」

她很快伸手摀住勞爾的嘴唇。

「別這樣說……我不要您說。愛我，就得比愛蓓德虹更多，但您做不到。」

「我發誓……」

「我也不想要您發誓，就算您的誓言為真，也太遲了。」

「不會太遲……」

「會，既然我親自前來，既然我表明心跡……也替蓓德虹道盡衷曲，代表我倆心意已決……

再會了，我的朋友。」

勞爾覺得，無論他做什麼，都無法改變凱特琳的決心，也就不敢再反對，甚至不敢再妄想挽回。

「再會，我的朋友，」她又說了一次，「其實我很痛苦，但我希望……我希望你我之間……至少還留下美好回憶……」

凱特琳將手搭在勞爾肩上，靠近他的臉，遞上朱唇。

有那麼一刻，在熾熱擁抱及深情親吻下，凱特琳覺得自己快要抵擋不住，於是她咬牙掙脫，頭也不回地離去。

一小時後，勞爾衝進兩姊妹家，他想見凱特琳，不顧一切地，只想傾吐自己對她的愛。

但凱特琳還沒回來，他也沒見著蓓德虹。

隔天再去，依舊撲了個空。

然而第三天，蓓德虹．葛森卻主動來按他家門鈴，如同凱特琳，她也被請入書房。

蓓德虹和妹妹一樣遲疑不安，但她比妹妹更快恢復鎮定，當勞爾握住她的雙手，像望著凱特琳那般看她時，蓓德虹喃喃道：

「她都告訴您了吧！我們約定各別來見您最後一次，今天換我來……來跟您道別，勞爾，並且感謝您爲我們姊妹做的一切……還有爲我這罪人盡的努力，讓我免於受流言及醜聞傷害。」

勞爾心情很亂，所以沒有馬上回答，沉默令蓓德虹侷促，於是她隨意找了話題，再度開口：

「我全告訴凱特琳，她選擇原諒……她太好了！既然爺爺想將遺產留給她一人，我沒意見，但她拒絕了……她想與我分享……」

勞爾無心聽話，他看著蓓德虹朱唇輕啓，看著眼前這張美麗焦慮的臉蛋，看著爲克制內心激情而猝猝打顫的嬌軀。

「您別走，蓓德虹……我不希望您離開……」

「非得如此……」她的回答跟妹妹一樣。

勞爾又說：

「不，我不要這樣……我愛您，蓓德虹。」

她苦笑。

「啊！您也對凱特琳說過愛她……是的，您眞的愛她，也眞的愛我，但您無法抉擇……這已超出您能力之外……」

她接著說：

「或許，也超出我們姊妹能力之外，勞爾，若您只愛其中一人，另一人必定痛苦萬分，像現在這樣，我們反而幸福。」

「但是我，我很不幸……一次失去兩位至愛……」

「怎麼會失去？」

起先勞爾不懂她這麼問的意思，兩人日光相連，探索對方的心意，蓓德虹面帶微笑，神秘誘人。勞爾不禁擁她入懷，她沒有抗拒……

*　　　*　　　*

兩小時後，他送年輕女士返家，對方承諾隔天下午四點會去找他。勞爾滿心甜蜜與信賴，等待蓓德虹，但想起凱特琳，又是一陣憂鬱傷感。

然而承諾只是脫身的權宜之計。隔日，四點鐘聲響起，接著是五點的鐘聲……

蓓德虹沒來。

七點時他收到一封打字信，兩姊妹在信裡表示已離開巴黎。

勞爾不是會深陷灰心沮喪或憤怒情緒的人，他依然保持風度，態度冷靜，彷彿未曾遭遇命運中最難熬的打擊。他到某家豪華飯店吃晚餐，大啖山珍海味，接著抽了一根頂級哈瓦納雪茄，再上大街散步，他一路向前，步伐卻是無精打采。

大約十點左右，他不加思索便走進蒙馬特生意最好的舞廳，然而，才剛進門，便給眼前景象嚇了一跳。在成群舞客中，他竟然看到興高采烈、活力十足，大轉圈圈跳著美式狐步舞①的夏洛特及貝舒。

「該死！」他低聲怒斥，「這兩個傢伙臉皮還眞厚！」

爵士音樂結束後，兩人返回座位，桌上擺了三個杯子，還有一只開香檳酒取下的軟木塞，旁邊竟坐著阿諾德。

這下，忍住怒氣許久的勞爾終於爆發，怒火直衝腦門。他漲紅了臉，火冒三丈，儘管已努力克制，依舊難掩憤怒，他大步衝向這三個罪人。坐在椅子上的三人猛見到他，不禁一起向後縮。阿諾德隨即恢復鎭定，露出狂妄傲慢的笑容，夏洛特則臉色慘白，幾乎快昏厥。而貝舒挺身擋在兩人面前，似乎想保護同伴。

勞爾靠近貝舒，貼著他的臉命令道：

「快滾出去……糊塗蛋。」

貝舒本想反抗，但勞爾一把抓住他的衣袖，按著他的肩膀，把他推到椅子上，椅子搖搖晃晃，貝舒是連人帶椅轉了一圈，接著勞爾無視旁觀者眾，硬拖著貝舒穿越走道、大廳，來到外邊路上。然後才大聲怒罵：

「噁心的傢伙……你有沒有羞恥心？竟然公開跟謀殺犯及廚娘廝混……你，你是堂堂警長，是警界的大人物！你以爲羅蘋能容忍這種行爲？慢慢等吧！你這混蛋！」

在路邊行人驚異的眼光下，勞爾像扯著假人般，緊揣貝舒臂膀，口中罵聲未歇，其實，他正爲能藉此排解憂愁暗自高興。

「沒錯……你這可悲的無賴！難道你的道德感比一顆南瓜還不如？竟然會因如此鄙陋的愛情自甘墮落？瞧你跟誰一塊兒放蕩……謀殺犯和廚娘！啊！幸好羅蘋即時解救你……就算你不願意，也非救你不可。啊！羅蘋，是啊！眞是個好人！羅蘋不總是忠於自我嗎？但內心也有遭受苦痛的時候。他愛的人在他幫助下，得到財富，就要回到未婚夫身邊了，有什麼好怨的？他同樣愛著的蓓德虹，也將忘了他，他會追隨蓓德虹嗎？不，他已體驗過幸福。蓓德虹給的幸福！還有凱特琳的純眞！而那時，老兄你懷裡摟著的，卻是個廚娘！」

勞爾拖著貝舒，來到歐洲區他停放車子的地方，他將貝舒拉到車旁說：

「上車。」

「你瘋了。」

「給我上車。」

「上車做什麼？」

「離開這裡。」勞爾回答。

「上哪兒去？」

「還沒想到，去哪兒都行，能拯救你最重要。」

「我不需要你救。」

「你不需要我救？那你需要什麼？要不是我，你早完蛋了，孩子！你會掉進泥沼深淵，萬劫不復。現在，這兒沒我們的事了，你得離開、徹底遺忘，然後回到工作崗位。我知道畢亞荷茲有個狂徒，殺死妻子後，還把她吃掉，咱們去逮人吧！另外，布魯塞爾發生少婦殺死五名子女的慘案，咱們也順便去一趟。來吧！」

貝舒氣沖沖地抗議：

「但我沒假可休了，可惡！」

「會有的，我會發電報給警局長官，走吧！」

「但我連件行李都沒帶。」

「我有，在後車廂。我這兒一應俱全，你只管上車！」

他硬把貝舒丟上車，發動引擎前進。

倒楣的警長仍苦苦哀求著：

「我也沒像樣的衣服啊！衣物、皮鞋……都沒帶。」

「我會幫你買雙二手鞋外加牙刷一支。」

「可是……」

「別窮緊張了。你看，我現在覺得好多啦！我想凱特琳及蓓德虹離開我是對的，因此，我不會笨到追上去。我兩個都愛，根本無法欺騙其中一位，然後對另一位說：『我愛您』，很笨吧？在這種情況下，只好像個蠢蛋，選擇孑然一身。幸好，我還有美麗的回憶……啊！貝舒，那些美麗的回憶……等我把你安頓好後再告訴你吧！啊！老搭檔，你欠我的人情可大囉！」

轎車載著貝舒，穿過大街小巷，是要往畢亞荷茲或布魯塞爾去呢？亦或往南？往北？勞爾自己都弄不清了……

譯註：

①狐步舞：一種交際舞，主要包括走步、快滑步、四分之一旋轉。

國家圖書館出版品預行編目資料

古堡驚魂／莫里斯・盧布朗（Maurice Leblanc）
著；吳欣怡譯.
—— 初版. ——臺中市　：好讀, 2011.11
面：　公分，——（典藏經典；43）

譯自：La Barre-y-va

ISBN 978-986-178-212-6（平裝）

876.57　　　　　　　　　　100019221

好讀出版

典藏經典43

古堡驚魂

原　　著／莫里斯・盧布朗
翻　　譯／吳欣怡
總 編 輯／鄧茵茵
文字編輯／莊銘桓
美術編輯／許志忠
行銷企畫／陳昶文
發 行 所／好讀出版有限公司
台中市407西屯區何厝里19鄰大有街13號
TEL:04-23157795　FAX:04-23144188
http://howdo.morningstar.com.tw
（如對本書編輯或內容有意見，請來電或上網告訴我們）
法律顧問／甘龍強律師
承製／知己圖書股份有限公司　TEL:04-23581803

總經銷／知己圖書股份有限公司
http://www.morningstar.com.tw
e-mail:service@morningstar.com.tw
郵政劃撥：15060393 知己圖書股份有限公司
台北公司：台北市106羅斯福路二段95號4樓之3
TEL:02-23672044　FAX:02-23635741
台中公司：台中市407工業區30路1號
TEL:04-23595820　FAX:04-23597123

初版／西元2011年11月15日
定價：220元
如有破損或裝訂錯誤，請寄回知己圖書更換

Published by How-Do Publishing Co., Ltd.
2011 Printed in Taiwan

ISBN 978-986-178-212-6

讀者回函

只要寄回本回函，就能不定時收到晨星出版集團最新電子報及相關優惠活動訊息，並有機會參加抽獎，獲得贈書。因此有電子信箱的讀者，千萬別吝於寫上你的信箱地址

書名：古堡驚魂

姓名：______________ 性別：□男 □女　生日：____年____月____日

教育程度：________________________

職業：□學生　□教師　□一般職員　□企業主管

□家庭主婦　□自由業　□醫護　□軍警　□其他______________________

電子郵件信箱（e-mail）：______________________ 電話：________________

聯絡地址：□□□ ____

你怎麼發現這本書的？

□書店　□網路書店（哪一個？）__________________ □朋友推薦　□學校選書

□報章雜誌報導　□其他____

買這本書的原因是：____

□內容題材深得我心　□價格便宜　□封面與內頁設計很優　□其他____________

你對這本書還有其他意見嗎？請通通告訴我們：

____

你買過幾本好讀的書？（不包括現在這一本）

□沒買過　□1～5本　□6～10本　□11～20本　□太多了

你希望能如何得到更多好讀的出版訊息？

□常寄電子報　□網站常常更新　□常在報章雜誌上看到好讀新書消息

□我有更棒的想法____

最後請推薦五個閱讀同好的姓名與E-mail，讓他們也能收到好讀的近期書訊：

1. ____

2. ____

3. ____

4. ____

5. ____

我們確實接收到你對好讀的心意了，再次感謝你抽空填寫這份回函

請有空時上網或來信與我們交換意見，好讀出版有限公司編輯部同仁感謝你！

好讀的部落格：http://howdo.morningstar.com.tw/

請填妥後對折黏貼，直接投郵即可，無須貼郵票。

廣告回函
台灣中區郵政管理局
登記證第3877號
免貼郵票

好讀出版有限公司　編輯部收

407 台中市西屯區何厝里大有街13號

電話：04-23157795-6　傳真：04-23144188

沿虛線對折

購買好讀出版書籍的方法：

一、先請你上晨星網路書店http://www.morningstar.com.tw檢索書目或直接在網上購買

二、以郵政劃撥購書：帳號15060393 戶名：知己圖書股份有限公司並在通信欄中註明你想買的書名與數量

三、大量訂購者可直接以客服專線洽詢，有專人爲您服務：客服專線：04-23595819轉230 傳眞：04-23597123

四、客服信箱：service@morningstar.com.tw